Band 1 der Reihe *Linn live*
Weitere Bände in Vorbereitung

Überarbeitete Neuausgabe des Titels *Die wilde Lilly. Schule, Zoff und blonde Zicken* (2005)

verlegt durch Egmont Verlagsgesellschaften mbH,
Gertrudenstraße 30–36, 50667 Köln
Umschlaggestaltung: Guter Punkt, München | www.guter-punkt.de
Satz: Greiner & Reichel, Köln
Printed in Germany (671575)

ISBN 978-3-505-13726-6

www.schneiderbuch.de

MIX
Papier
FSC FSC® C014496

Franziska Gehm

Linn live

Ein Schluckauf kommt selten allein

Schneiderbuch
EGMONT

Kapitel 1

Tagebuch von Linn Krumbock

21. August, Sonntag, 19:33 Uhr

3 x Schluckauf

1 x mit Bubble geredet

Dreimal Schluckauf – so ein Mist! Erster Schluckauf: Meine gelbrot gestreiften Lieblingsstrümpfe sind beim Umzug verschwunden. Zweiter Schluckauf: Leos Tarantula ist mal wieder abgehauen. Warum hält er sich auch eine Vogelspinne als Haustier! Dritter Schluckauf: Morgen muss ich in die neue Schule.

Hicks.

Verdammt. Dieser Schluckauf nervt. Aber ich kann einfach nicht anders: Immer wenn mich etwas ärgert oder nervös macht, muss ich hicksen.

Oma meint, ich soll einen Liter Wasser trinken und dann eine

Stunde nicht sprechen. Vergiss es! Nicht der Liter Wasser, aber eine Stunde nicht sprechen. Bestimmt hat Oma den Schluckauf-Tipp aus einer amerikanischen Fernsehserie. Manchmal mache ich mir Sorgen, dass sie nicht mehr weiß, was Hollywood ist und was Wirklichkeit. Ich meine, wie kommt sie sonst darauf, dass wir sie jetzt Grandma Betty nennen sollen und auf keinen Fall Oma oder Oma Elisabeth?

Unseren Umzug haben wir in „nur" fünf Wochen hinbekommen. Vati sagt, in unserem neuen Haus kann es sich jeder richtig gemütlich machen. Stimmt. Ist schon passiert.

Ich habe in meinem Zimmer den Hängemattenstuhl, den mir Carlos aus Spanien mitgebracht hat, aufgehängt. Der ist super, da drin kann man essen, schlafen, Musik hören – einfach alles! Die Wand, an der mein Bett steht, muss ich noch fertig bemalen. Ich habe schon angefangen: Es soll ein riesiges Unterwasserbild werden. Wenn ich dann in meinem Hängestuhl wippe und auf das Bild schaue, muss das so ähnlich sein wie Tauchen. Bubble wird das von seinem Aquarium aus bestimmt auch klasse finden.

Leo hat sein Zimmer in Dunkelblau, Schwarz und Blutrot gestrichen. Richtig gemütlich eben. An seine Zimmertür hat er „Leave me alone or give me your bone" geschrieben (Leute, mein Englisch ist schon schlecht, aber nicht so schlecht wie der Spruch!). Mal ehrlich: Wer will schon freiwillig in Leos Zimmer? Die düstere Musik und die düsteren Gerüche, die man im Vorbeigehen aufschnappt, reichen als Abschreckung völlig aus.

Vati hat es sich im ganzen Haus „gemütlich" gemacht. Leider nicht als Innenarchitekt, sondern als Hobby-Bildhauer. Überall stehen seine Skulpturen. Er nennt es Kunst. Mutti benutzt seine Kunst als Garderobe, Klopapierhalter oder Gewürzständer. Das nennt sie Aktionskunst.

Ich weiß nicht, ob Mutti überhaupt schon ihre Zahnbürste ausgepackt hat – wenn sie nicht gerade zu Hause Opern singt, ist sie garantiert bei irgendeinem Verein zur Rettung flugunfähiger, durchfallerkrankter Tauben oder Ähnlichem.

Carlos' Zimmer sieht aus wie eine Abstellkammer. Warum ist er auch für drei Monate zu diesem blöden Schüleraustausch in die USA gegangen? Was ist, wenn er sich dort in ein Cowgirl verliebt und nie wieder zurückkommt? Mit wem soll ich denn dann reden?

Oma, ich meine natürlich Grandma Betty, hat jetzt ihren eigenen Fernseher. Trotzdem sitzt sie immer im Wohnzimmer. Vielleicht fühlt sie sich sonst einsam. Außerdem muss ihr ja jemand zuhören, wenn sie sich über ihre Fernsehhelden aufregt. Ich finde es gut, dass sie nicht auf Mama und Papa gehört hat, die sie ins Altersheim abschieben wollten. Oma ist nämlich, genau wie Bubble, ein prima Zuhörer. Im Gegensatz zu Bubble antwortet Oma sogar manchmal. Leider verstehe ich ihre Antworten nicht. Kein Wunder. Sie antwortet nicht einfach mit „ja", „nein", „vielleicht", sondern immer mit einem komischen Spruch, den sie aus irgendeiner Fernsehserie hat. Aber ich glaube trotzdem, sie versteht mich. Meistens zumindest.

Bubble habe ich als Einzigem von meinem Schiss vor morgen erzählt. Mein erster Tag in der neuen Schule. Bin schon gespannt auf meine Klasse. Oma – Grandma Betty – sagt, dass Kinder überall gleich sind. Das glaube ich nicht. Erwachsene sind auch nicht überall gleich. Und so wie meine Familie ist schon gar keiner. Oder wie ich. Dabei wäre ich manchmal gerne ein bisschen normal. Aber irgendwie klappt es nicht. Ich mag keine Klamotten anziehen, die alle anziehen, oder zu allen höflich sein, weil man das eben so macht. Das ist doch langweilig!

Hoffentlich ist meine neue Klasse nicht langweilig. So wie meine alte Klasse. Komisch, ein ganz klein wenig vermisse ich sie doch. Ob sie mich auch vermissen?

Linn schlug die Autotür zu und ging langsam in Richtung Schule. Leo schlurfte ohne ein Wort hinter ihr her. Unauffällig zupfte Linn an ihren Klamotten herum. Für den ersten Schultag hatte sie ihr absolutes Lieblings-Outfit angezogen: einen Sternchenrock, gelbrot gestreifte Kniestrümpfe (sie hatte sie unter Omas Fernsehkissen wiedergefunden), einen schwarzen Sweater von Carlos (etwas zu groß, aber er duftete so gut), Turnschuhe und natürlich ihren Sternchenrucksack. In ihren wilden roten Locken steckte eine kleine Sternchen-Haarspange.

„He, meine zwei Süßen! Kopf hoch, wenn der Schuh drückt!", rief ihnen ihr Vater aus dem Auto nach.

Linn winkte kurz in seine Richtung und drehte sich dann schnell wieder um. Mann, wie peinlich! Den Spruch hatte er ihr schon am ersten Kindergartentag nachgerufen. Mussten ja nicht alle hier gleich wissen, dass sie neu waren.

Während Linn ins Schulgebäude ging, ließ sie ihren Blick unauffällig über die anderen Schüler schweifen. Nichts Aufregendes. Alle sahen ziemlich normal aus.

Leo drehte sich zu ihr um. „Alles klar?"

Linn überlegte kurz, was er damit meinte. Seit Leo seinen ersten Pickel bekommen hatte, sprach er nur noch in kurzen Sätzen, die man erst übersetzen musste. „Falls du wissen willst, ob ich meinen Klassenraum alleine finde oder dazu meinen großen Bruder brauche, dann ist die Antwort: Alles klar."

Leo verzog keine Miene, drehte sich einfach um und schlurfte davon. Typisch.

Linn warf mit Schwung ihren Sternchenrucksack über die

Schulter und atmete tief ein. Okay, sagte sie sich. Ich geh jetzt ganz cool zu meiner neuen Klasse. Nein, nicht cool, ich bin nett und höflich, genau. Ich bin ein wahnsinnig nettes Mädchen und alle werden wahnsinnig nett zu mir sein. Zu Neuen ist man schließlich immer nett, oder? Na ja, vielleicht auch nicht …

Wusch! Bäng! Kreisch! „He, hast du sie noch alle? Pass doch auf, wo du mit deinen Quadratlatschen hintrittst!"

Was war denn das? Linn musste so in Gedanken versunken gewesen sein, dass sie voll in ein Mädchen gerannt war – dass es ein Mädchen war, hätte ein Blinder erkannt, so sehr roch sie nach süßem Erdbeerparfüm.

Linn schaute auf. „'tschuldigung", murmelte sie. Das Mädchen vor ihr hatte lange blonde Haare und war mindestens einen Kopf größer als Linn. Sicher eine aus der achten oder neunten Klasse. Sie sah ziemlich gut aus, fand Linn.

„'tschuldigung? Pass mal auf, Kleine. Wenn du mir noch mal mit deinen dreckigen Pottlatschen auf die Schuhe trittst, kannst du sie persönlich wieder auf Hochglanz bringen."

Linn starrte die Schuhe des Mädchens an. Tatsächlich: Auf einem der schönen schwarzen Lackschuhe war ein Abdruck von Linns Turnschuhen. Irgendwie gab es den langweiligen Lackschuhen eine besondere Note, fand Linn und musste grinsen.

„Was gibt's da zu grinsen? Träumst du noch von deinem Teddybär, oder was? Wer hat dich überhaupt in die Schule gelassen? Vielleicht solltest du es mal im Kindergarten versuchen."

Okay, es stimmte: Linn war eindeutig zu klein für ihr Alter.

Aber was zu viel war, war zu viel. Wenn diese Lacktrulla Krieg wollte – den konnte sie haben. Linn zwang sich, ruhig zu bleiben. Ein Schluckauf wäre jetzt nicht so gut. „Danke für den Tipp, aber im Kindergarten wollten sie mich nicht mehr", sagte Linn und lächelte. „Sind übrigens echt schick, deine Schuhe."

Das Mädchen starrte Linn eine Sekunde lang an, dann lächelte sie ebenfalls. „Sind ja auch aus London", sagte das Mädchen und schaute verliebt auf ihre Schuhe.

Zack! Linn war blitzschnell mit einem Bein vorgeschossen und hatte dem zweiten Lackschuh einen schönen Abdruck versetzt.

„Ich meinte natürlich das Modell mit dem Muster drauf", sagte Linn.

Die Lacktrulla wollte Linn gerade an der Jacke greifen, doch Linn war schneller und wich nach hinten aus.

„Evelyn!" Zwei Mädchen winkten zu ihnen herüber.

Lacktrulla schien sich einen Moment nicht entscheiden zu können, ob sie zu ihren Freundinnen gehen oder Linn erst mal eine Abreibung verpassen sollte. „Wir sehen uns noch", sagte sie schließlich und ging zu den Mädchen hinüber.

Ganz toll, dachte Linn. Prima Start in den ersten Schultag. Wenn die hier alle so drauf sind wie diese Lacktrulla, werde ich viel Spaß haben. Wie war das? Ich bin ein wahnsinnig nettes Mädchen, wahnsinnig nett. Nein, bin ich nicht! Ich bin sauer. Warum muss mir gleich so was passieren?

Linn ging zum Klassenraum der 7a. Einige Schüler saßen

gelangweilt auf ihren Plätzen, die meisten hatten sich in kleinen Gruppen versammelt.

Sicher erzählen sie sich ihr schönstes Ferienerlebnis, dachte Linn. Sie setzte sich auf eine freie Bank am Fenster. Sie spürte, dass ihr die anderen verstohlene Blicke zuwarfen.

Manche sehen eigentlich ganz okay aus, dachte Linn. Soll ich mal zu ihnen rübergehen? Das wäre sicher wahnsinnig nett. Aber diese Lacktrulla hatte ihr gewaltig die Laune verdorben. Ganz genau. Linn war obermies drauf. Und in so einem Zustand spricht man keine Leute an. Und es sollte auch besser keiner wagen, Linn anzusprechen. Linn verschränkte die Arme und starrte aus dem Fenster.

„Hallo! Bist du die Neue?", fragte ein Mädchen mit braunen Zöpfen, das plötzlich vor Linn stand.

„Nein, ich bin Linn." Was für eine dämliche Frage! Ach, Mist, dachte Linn, ich wollte doch nett sein. Zu spät.

Das Mädchen stutzte kurz, lächelte dann aber wieder. „Schöner Name. Ich bin Senta, Senta Burkhart. Freut mich, dass du in unserer Klasse bist."

Linn grinste zurück. Was sollte sie sagen? Dass Senta auch einen schönen Namen hatte? Wäre glatt gelogen. Und warum war sie froh, dass Linn in ihrer Klasse war? Sie wusste doch gar nicht, was auf sie zukam.

„Du hast coole Klamotten an", sagte Senta und deutete auf Linns Sternchenrock und ihre gestreiften Kniestrümpfe.

„Danke." Zu Sentas Outfit wollte Linn lieber nichts sagen. Dagegen war das von Oma Betty noch abgefahren. Aber eins musste man Senta lassen: Zumindest hatte sie nicht solche Klamotten an, die alle anhaben.

Vielleicht ist sie doch ganz in Ordnung, dachte Linn und grinste Senta kurz an.

Plötzlich ging eine Bewegung durch die Klasse und alles blickte wie gebannt zur Tür. Dort erschien ein Dreierpack Blondinen.

„Hallo, Evelyn!"

„Wie waren deine Ferien?"

„Warst du mit deinen Eltern wieder auf Mallorca?"

Evelyn, die größte und blondeste der Blondinen, wurde von der ganzen Klasse umringt. Sie lächelte milde und scheinbar leicht genervt auf ihre Mitschüler hernieder.

„Das ist Evelyn Augsblatt. Und die anderen zwei sind Tina und Lina, ihre Freundinnen", flüsterte Senta Linn zu.

„Die Lacktrulla!", entfuhr es Linn.

„Was?", fragte Senta.

„Ach, nichts."

Linn schaute zu dem blonden Dreierpack. Das Einzige, was sie vorhin von Lacktrulla Evelyn wirklich wahrgenommen hatte, waren die Schuhe und der Erdbeergeruch. Jetzt schaute Linn Evelyn genauer an. Sie trug eine knallenge Hüftjeans mit einem bauchfreien rosa T-Shirt. Ihre langen blonden Haare reichten ihr bis zur Brust, wo man, wie Linn neidisch feststellen musste, schon leichte Rundungen erkennen konnte. Tina und Lina sahen aus wie Klone von Evelyn, nur dass sie nicht ganz so blond, nicht ganz so gut gebaut und nicht ganz so rosa gekleidet waren.

Es klingelte und alle gingen zu ihren Plätzen. Niemand setzte sich neben Linn. Evelyn saß in der gleichen Reihe wie Linn, nur am anderen Ende an der Tür. Sie schien Linn noch nicht bemerkt zu haben. Oder tat sie nur so? Wenn Lacktrulla auf cool machen wollte, das konnte Linn auch.

Eine Frau, deren Alter schwer zu schätzen war, betrat mit einer Mappe unter dem Arm den Raum. Das musste ihre Klassenlehrerin Frau Blume sein, bei der sie Deutsch und Ethik hatten. Sie hatte eine kleine runde Brille auf, trug einen langen Rock und eine lila Bluse, auf der eine kleine Silberkette mit Herzanhänger baumelte. Ihre halblangen aschblonden Haare standen nach allen Seiten ab und wippten bei jedem Schritt mit. Ihre Augen waren weit aufgerissen und ihren Mund umspielte ein Lächeln.

Vielleicht hat sie bei einem physikalischen Experiment zu viel Strom abbekommen?, überlegte Linn.

„Guten Morgen, meine Lieben!", begrüßte sie die Klasse und ihr Lächeln wurde noch breiter. „Ich hoffe, ihr hattet wunderschöne Ferien. Auf jeden Fall seht ihr alle sehr erholt aus." Sie blickte lächelnd in die Klasse.

Manche Schüler lächelten zurück, die meisten sahen einfach nur gelangweilt aus.

Frau Blumes Blick blieb an Linn hängen. „Ah. Wir sollten zunächst jemanden begrüßen. Unsere neue Schülerin. Magst du dich kurz vorstellen?"

„Hallo, ich bin die neue Schülerin", sagte Linn. Linn war nicht mehr wahnsinnig nett, Linn war wahnsinnig cool.

Mindestens so cool wie Lacktrulla Evelyn. Der erste Eindruck war – auch eine Weisheit von Oma Betty – bekanntlich der wichtigste. Und die sollten bloß nicht denken, dass Linn so ein Piepsmädchen war, das sich alles gefallen ließ.

„Und weiter? Verrätst du uns vielleicht deinen Namen, wo du herkommst, was du magst …", sagte Frau Blume und nickte Linn aufmunternd zu.

„Ich heiße Linn Krumbock." Durch die Klasse ging ein Kichern. Linn verdrehte die Augen. Seit der ersten Klasse hatte sie nun schon dreimal die Schule gewechselt, und jedes Mal fing die neue Klasse an zu kichern, sobald sie ihren Namen nannte. Was war so lustig an Linn Krumbock? Tausendmal besser als Evelyn Lacktrulla Augsblatt! Aus den Augenwinkeln blickte Linn kurz zu Evelyn. Diese schaute gelangweilt zur Tafel.

Zumindest kichert sie nicht blöde, dachte Linn und fuhr fort: „Ich heiße Linn Krumbock, bin zwölf Jahre, esse gerne Käse mit Honig, mag Kniestrümpfe aller Art und hasse Vorstellungsrunden."

Wieder ging ein Kichern durch die Klasse. Einige Schüler hatten sich aufgerichtet und schauten neugierig zu Linn herüber.

„Ah ja", sagte Frau Blume. „Sehr interessant. Danke, Linn. Nun wollen wir uns aber auch vorstellen. Das ist nur fair. Am besten, ich fange an." Frau Blume räusperte sich und lächelte in Linns Richtung. „Ich bin Frau Blume, deine Klassenlehrerin. Ich bin über zwölf Jahre alt, esse gerne Brokkoli mit Kartoffeln, mag Bücher aller Art und hasse Zuspätkommen."

In dem Moment flog die Tür auf und ein Junge mit Locken und einer riesigen Zahnlücke stürmte in den Raum. Seine Jeans schien fünf Nummern zu groß zu sein und hing ihm fast in den Kniekehlen. *Skate or die* stand in roter Schrift auf seinem schwarzen T-Shirt. „Morgen, Frau Blume!“, sagte er und ging zielstrebig zur Bank am Fenster. Als er Linn dort erblickte, stutzte er. „He, das ist meine Bank. Was soll das? Wer bist du überhaupt? Sternmariechen?“

„Moritz! Am ersten Schultag zu spät! Hattest du mir nicht versprochen, dich zu bessern?“ Frau Blume hatte ihr Lächeln verloren und sah gar nicht mehr nett aus.

„’tschuldigung, kann nichts dafür. Hab über die Ferien den Weg zur Schule vergessen und mich verlaufen“, entgegnete Moritz und grinste.

Frau Blume seufzte. „Setz dich neben Linn und sei höflich. Linn ist neu in der Klasse.“

Moritz starrte Linn von oben bis unten an. „Ich glaub, du bist nicht nur neu in der Klasse, sondern auch neu auf dem Planeten. Wo hast du denn die Klamotten her? Von der Kleiderspende?“

„Mein Rock passt mir zumindest“, gab Linn zurück. „Schöne Unterhose hast du da übrigens an.“

Die Klasse kicherte.

„Danke“, sagte Moritz, zog dann unauffällig seine Hose hoch und setzte sich.

Täuschte sich Linn oder war er eben tatsächlich ein wenig rot geworden?

„Wir wollen mit der Vorstellungsrunde fortfahren. Senta, machst du bitte weiter?“, sagte Frau Blume.

Senta räusperte sich. „Ich heiße Senta Burkhart, bin zwölf Jahre, esse für mein Leben gern Kartoffelbrei mit Möhrchen, liebe Pferde und Tiere aller Art und hasse … ich hasse … eigentlich nichts.“

„Danke, Senta. Das war sehr schön. Wer möchte sich als Nächstes vorstellen? Evelyn?“, fragte Frau Blume.

Evelyn schmiss mit einer eleganten Bewegung ihre langen Haare über die Schulter, setzte sich kerzengerade hin, legte ein Lächeln auf und begann: „Ich heiße Evelyn Augsblatt, bin zwölf Jahre alt, werde aber in drei Monaten dreizehn, esse gerne Sushi, liebe … ich liebe Wassersport aller Art, hasse Sternchenmuster, gestreifte Kniestrümpfe und Käse mit Honig.“

Moritz warf einen prüfenden Blick auf Linns Kniestrümpfe und den Sternchenrock, pfiff leise durch seine Zahnlücke und flüsterte: „Wenn das keine Kriegserklärung war! Das wird ein lustiges Schuljahr! Evelyn die Queen gegen die wilde Linn.“

Linn starrte Evelyn an, die unschuldig Frau Blume anlächelte. Moritz hat recht, dachte Linn. Das war eine glatte Kriegserklärung von Lacktrulla Evelyn. Für einen kurzen Moment hatte Linn gehofft, dass Evelyn den Schuhvorfall vergessen hatte. Nicht, dass Linn mit so einer blonden Tussi befreundet sein wollte. Da Evelyn aber anscheinend von der ganzen Klasse bewundert wurde (aus welchen Gründen auch immer), wäre es einfacher gewesen, wenn sie irgendwie miteinander klargekommen wären. In ihrer alten Klasse hatte Linn zwar auch keine richtig gute Freundin gehabt, aber zumindest keine richtig doofe Feindin.

Linn war so mit ihren Gedanken beschäftigt, dass sie die gesamte restliche Vorstellungsrunde verpasste.

„Danke“, sagte Frau Blume. „Das war wirklich sehr interessant, sicher nicht nur für Linn.“ Wieder lächelte Frau Blume in Linns Richtung.

Linn nickte schnell.

„Außerdem passt diese kleine Vorstellungsrunde hervorragend zu unserem ersten Thema im neuen Schuljahr“, fuhr Frau Blume fort und legte eine bedeutungsschwere Pause ein. „Unser Thema ist Empathie. Das Hineinfühlen in den anderen. Em-pa-thie“, erklärte Frau Blume, während sie das Wort an die Tafel schrieb.

Moritz, der neben Linn halb auf der Bank lag, stöhnte.

„Dazu werde ich jedem von euch einen Partner zuweisen.“

Sofort ging ein Tuscheln durch die Klasse. Sicher waren alle schon auf Partnersuche.

„Wie gesagt: Ich werde euch einen Partner zuweisen. Dabei ist es wichtig, dass ihr möglichst wenig über den anderen wisst und im Idealfall völlig gegensätzlich seid. Empathie ist nämlich eng mit Toleranz verbunden, und die kann man am besten erfahren, wenn einem der andere fremd ist.“ Frau Blume holte einen zerknitterten Zettel aus ihrer Mappe. Dann begann sie die Paare vorzulesen. Sie musste immer kurz innehalten, da nach jedem genannten Paar ein Stöhnen, Jammern oder Aufschrei durch die Klasse ging.

Was, wie Linn fand, nur bewies, dass Frau Blume die richtige Auswahl getroffen hatte.

Moritz sackte auf der Bank völlig zusammen, als Frau Blume ihn und Senta zum Empathie-Paar erklärte. Senta ließ einen kurzen Schrei los und bekam ein knallrotes Gesicht.

Frau Blume hatte nun fast schon die ganze Klasse aufgeteilt und Linn wurde immer unruhiger. Sie ahnte Schlimmes.

„Und nun das letzte Paar: Linn und Evelyn!“, verkündete Frau Blume strahlend.

Genau wie Linn verzog Evelyn keine Miene. Doch Linn hatte Mühe, einen Schluckauf zu unterdrücken.

„Eure Aufgabe für die nächste Stunde lautet, einen kurzen Aufsatz aus Sicht eures Partners zu schreiben. Ähnlich zu unserer Vorstellungsrunde könnt ihr über eure Hobbys, eure Familie oder was ihr mögt und was nicht schreiben. Nur, dass ihr unter dem Namen und aus der Perspektive des anderen schreibt. Moritz stellt sich also zum Beispiel vor, er wäre Senta. Was denkst du, was ihre Hobbys sind, was mag Senta und was nicht. Habt ihr alles verstanden?“, fragte Frau Blume.

Murmeln und teilweise Nicken waren die Antwort.

„Sag mal, warum hat die Blume denn so ein komisches Thema ausgewählt?“, flüsterte Linn Moritz zu.

Moritz zuckte die Schultern. „Na ja, unser Blümchen steht auf so was. Außerdem hat sie uns im letzten Schuljahr einen Vortrag darüber gehalten, dass wir keinen richtigen Klassenzusammenhalt hätten und all so ein Zeug.“

„Aha“, sagte Linn. „Und das wird durch Empathie anders?“

Moritz grinste. „Du wirst auf jeden Fall viel Spaß mit Queen Evelyn haben."

„Hundertpro", sagte Linn und zog die Stirn in Falten.

„Noch 'n kleiner Tipp", flüsterte Moritz. „Die Blume solltest du nicht unterschätzen. Die hat echt was auf 'm Kasten."

Linn starrte Frau Blume an, die mit ihren Erklärungen fortfuhr: „Wenn ihr diese Aufgabe erfüllt habt, geht es darum, dass ihr euch besser kennenlernt. Ihr solltet also in der nächsten Woche möglichst viel Zeit mit eurem Partner verbringen, vielleicht seine Familie kennenlernen, etwas gemeinsam unternehmen. Danach werdet ihr wieder einen Aufsatz schreiben. Wir werden sehen, was sich dann verändert hat. Ich bin sicher, es gibt die ein oder andere Überraschung." Frau Blume zog die Augenbrauen hoch und grinste. Sicher war sie voller Vorfreude auf die „Überraschungen".

Es klingelte. Alle packten ihre Sachen zusammen und verließen den Raum.

„Und denkt an eure Aufsätze für die nächste Stunde!", rief Frau Blume ihnen nach.

Kapitel 2

Linn schielte auf die Uhr über der Tür. Noch fünf lange Minuten bis zum Stundenende. Das war genauso wie in der alten Schule: Die letzte Stunde zog sich wie Käsefäden in die Länge.

Evelyn hatte Linn keines Blickes mehr gewürdigt und Linn war ihr aus dem Weg gegangen. Linn wollte nur noch eins: nach Hause. Sie musste Bubble und Oma Betty unbedingt von Lacktrulla erzählen. Sicher wussten sie Rat. Das heißt, zumindest Oma Betty.

Es klingelte. Linn konnte ihre Sachen nicht schnell genug zusammenpacken und aus dem Klassenraum kommen.

„Linn, warte!", rief Senta. Sie stopfte ihre Hefte und ihre rosa geblümte Federmappe in ihren Rucksack, auf dem ein Bild von einem schwarzen Pferd aufgenäht war. „Vielleicht können wir ein Stück zusammen gehen. Wo wohnst du?", fragte sie.

„Hinten im Ziegental, vorletztes Haus", antwortete Linn und ging zur Tür.

„Im Ziegental!", strahlte Senta. „Da würde ich auch gerne wohnen. Du hast es gut: kein Stadtlärm, grüne Wiesen und jede Menge Tiere!"

„Hör bloß auf mit Tieren. Ich muss heute noch mit Benno Gassi gehen."

„Ihr habt einen Hund!", rief Senta und riss die Augen auf.

„Hund? Wieso Hund? Benno ist unser Papagei", sagte Linn und steuerte auf die Haupttür zu.

„Du gehst mit einem Papagei Gassi?", fragte Senta.

„Ja. Papa meint, Benno braucht das", entgegnete Linn und drückte die schwere Tür auf.

„Wie schön. Ihr seid alle richtig tierlieb", sagte Senta und lächelte Linn an.

Linn stutzte. „Ähm … ja, klar doch", sagte sie dann und blinzelte in die Sonne. „Musst du jetzt in meine Richtung oder wo wohnst du?"

„Ich kann mit dir bis zur Kreuzung gehen, da muss ich dann in die Stadt abbiegen. Wir wohnen gleich über Veronas Frisörladen", erklärte Senta.

Linn schaute zur Kreuzung. Bingo. Dort standen Lacktrulla und ihre zwei Klone. Evelyn lachte und warf dabei ihre blonden Haare über die Schultern.

„Hi", erklang plötzlich eine tiefe Stimme hinter Linn.

Linn fuhr herum. Leo! „Ach, du bist das!"

„Was ist? Gehen wir?", fragte Leo.

Linn seufzte. Typisch Leo, hat noch nicht mal den Anstand, sich vorzustellen. „Senta, das ist mein Bruder Leo. Leo, das ist Senta aus meiner Klasse", sagte Linn.

„Hallo", piepste Senta und streckte Leo ihre Hand entgegen.

Leo starrte auf Sentas Hand und dann in Sentas Gesicht,

das sich rötlich zu verfärben begann. Schließlich schlug Leo kurz mit der flachen Hand auf Sentas Handfläche. „Hi, Senta. Cooler Name“, sagte er.

Jetzt war Senta knallrot im Gesicht und zog schnell ihre Hand zurück. „D… danke“, flüsterte sie.

Linn verdrehte die Augen. Spinnen die? Leo war ja nun wirklich kein Grund, rot zu werden. Eher ein Grund zum Weglaufen. Und seit wann war „Senta“ ein cooler Name? „Okay, lasst uns gehen“, sagte Linn.

Senta schien es die Sprache verschlagen zu haben. Und da Leo ja grundsätzlich nie viel redete, gingen sie schweigend bis zur Kreuzung. Linn schielte kurz zu Lacktrulla Evelyn hinüber. Sie stand noch immer mit Tina und Lina dort. Die drei blätterten in einer Zeitschrift und kicherten. Vielleicht war es ein Katalog für Lackschuhe, überlegte Linn. Oder die „Sprich mit Tante Kummerkasten“-Seite aus irgendeiner Girlie-Zeitschrift. Die las Linn allerdings auch manchmal. Natürlich nur, wenn sie irgendwo im Wartezimmer saß und Langeweile hatte. Und natürlich nur, um sich darüber schiefzulachen.

„Na dann“, sagte Senta. „Ich muss jetzt hier links. Und zum Ziegental geht es da immer geradeaus“, sagte Senta, wurde wieder knallrot und schaute schnell nach unten. „Aber das wisst ihr ja sicher“, murmelte sie.

„Stimmt, zufällig wissen wir, wo wir wohnen. Aber danke für den Tipp“, sagte Linn und grinste Senta an.

Senta verzog ihren Mund zu einem schiefen Lächeln.

„Bis morgen dann“, sagte Linn und winkte Senta zu.

„Ciao, Senta“, sagte Leo und setzte sich in Bewegung.

„Ciao!“, rief Senta und bog in die Stadt ab, wobei sie fast ein Verkehrsschild umrannte.

Linn und Leo warteten an der Kreuzung auf Grün.

„Ach, wie süß! Unsere kleine Linn hat schon eine Freundin gefunden“, hörte Linn Evelyns Stimme hinter sich. „Und was für eine süße! Hottehü-Pony-Senta! Und einen großen Beschützer hat sie auch schon.“

Tina und Lina kicherten.

Leo schien von der ganzen Sache nichts mitzubekommen. Zumindest tat er so.

Linn drehte sich um und strich sich eine rote Locke aus der Stirn. „Immer noch besser, als mit zwei rosa Klonen rumzulaufen. Ihr könntet glatt eine Filmrolle als die drei Schweinchen bekommen.“

Evelyn kniff die Augen zusammen. „Mach dir um uns keine Sorgen, Kleine. Und was die Klone betrifft: So was nennt man Mode. Wenn du die aktuellen Trendfarben nicht kennst – dein Problem! Lauf du ruhig weiter in Sternchenrock und Kniestrümpfen rum, passt sowieso prima zu deiner Kleinkindfigur.“

Linn wollte gerade etwas erwidern, aber da spürte sie ihn: den Schluckauf. Schnell presste sie die Lippen aufeinander.

„Wer hat eine Kleinkindfigur?“, fragte Leo, der jetzt doch was von dem Gespräch mitbekommen hatte.

Zum Glück schaltete die Ampel auf Grün und Linn zerrte Leo ohne weitere Erklärung über die Straße.

Hinter ihnen hörte sie die drei rosa Schweinchen kichern.

„Hicks!“, machte Linn endlich.

„Prost“, sagte Leo und schlurfte neben Linn her. „Wer war denn die Blonde eben?“

„Kannste dir aussuchen: Evelyn, Tina oder Lina“, entgegnete Linn.

„Ich meine die große Blonde, die so verdammt gut aussah.“

Linn schaute ihren Bruder ungläubig an. Das war doch nicht zu fassen! Selbst Leo, der sich sonst nur für seine düstere Musik interessierte, fiel auf Lacktrulla rein. „Ach, die“, sagte Linn dann. „Das ist Evelyn. Die geht auch in meine Klasse.“

„Echt? Die sieht viel älter aus“, meinte Leo.

„Na ja, die Ärmste muss jetzt zum dritten Mal die siebte Klasse wiederholen“, log Linn.

„Aha. Echte Blondine, was“, meinte Leo.

Linn verdrehte die Augen. „Leo, tu mir einen Gefallen und sag für den Rest des Weges einfach so wenig wie möglich. Das schaffst du doch sonst auch immer.“

„Okay“, entgegnete Leo und stöpselte sich die Kopfhörer in die Ohren.

Linn musste sich konzentrieren. Zum einen musste sie ihren Schluckauf unterdrücken und zum anderen musste sie überlegen, wie sie Lacktrulla die „Kleinkindfigur“ heimzahlen konnte. Am besten, ich frage Oma Betty, beschloss Linn.

Wie immer war außer Oma Betty keiner zu Hause. Papa war im Büro und Mama war wieder unterwegs zu irgendeinem Verein.

Linn holte das Essen aus der Mikrowelle und setzte sich zu Leo und Oma Betty an den Tisch.

„Schon wieder asiatisch!“, stöhnte Leo.

Seit ein paar Monaten hatte ihre Mutter die asiatische Küche entdeckt und war noch lange nicht fertig mit ihren Kochexperimenten. Zuvor hatte es ein halbes Jahr lang Kartoffelgerichte gegeben, weil Mama ein Kartoffelkochbuch geschenkt bekommen hatte.

„Koch doch selbst, wenn es dir nicht passt“, entgegnete Linn.

„Du bist ja mal wieder obermies drauf“, sagte Leo und stocherte im Reis.

„Genau, koch doch selbst!“, krächzte Oma Betty und schob sich ein Hühnchenstück in den Mund. Seit dem Tod von Opa weigerte sich Oma Betty, jemals wieder zu kochen. Sie meinte, sie hätte ihren Mann das ganze Leben bekocht, nun könnten auch mal andere für sie kochen.

Linn fand das okay. Aber manchmal hätte sie schon gerne wieder einen richtigen Braten mit Klößen von Oma Betty gehabt.

Nach dem Essen verzog sich Leo wie immer sofort in sein Zimmer. Jetzt würde man stundenlang nur noch dumpfe Bassschläge hören. Oma Betty hatte es sich bereits wieder vor dem Fernseher gemütlich gemacht.

Linn schlich um Oma Betty herum. Nachdem Linn dreimal durchs Bild gelaufen war, seufzte Oma Betty und schaltete den Ton des Fernsehers aus. „Du hast doch was auf dem Herzen, meine Kleine“, sagte Oma Betty. „Du kannst mir alles erzählen, aber nur bis halb drei, dann fängt nämlich die neue Serie *Der Landarzt und die Lady* an. Also, was gibt es? Probleme mit den Männern?", fragte Oma Betty und schaute Linn mit einem forschenden Blick an.

Linn schüttelte den Kopf. „Quatsch, die Männer sind okay."

„Oha!", entgegnete Oma Betty. „Tja, was dann?"

„In meiner neuen Klasse ist eine total blöde Lacktrulla. Die hält sich für Miss Universum oder so was. Und alle anderen fallen auf sie rein und himmeln sie an. Und dann läuft sie ständig mit ihren zwei Klonen Tina und Lina rum."

„Und? Wo ist das Problem?"

„Ich hab sie im Flur umgerannt und bin auf ihren Lackschuh getreten, einmal aus Versehen und das zweite Mal … in reiner Notwehr", erklärte Linn.

„Notwehr ist immer fair", sagte Oma Betty und nickte energisch mit dem Kopf.

„Genau. Aber das Beste kommt ja noch: Ich muss mit ihr zusammen ein Schulprojekt machen. Irgendwas mit Toleranz und Empathie und den anderen kennenlernen. Und zur nächsten Stunde muss ich über sie einen Aufsatz schreiben."

„Kinder! Was habt ihr denn für Hausaufgaben? Könnt ihr nicht einfach das ABC lernen oder das Einmaleins?"

„Oma, ich bin in der siebten Klasse!"

Grandma Betty schaute Linn an. „Stimmt."

„Na ja, jedenfalls hab ich überhaupt keine Lust, diese Evelyn kennenzulernen. Die ist doch einfach nur hohl und blond und bla bla. Und weißt du, was sie zu mir gesagt hat? Ich hätte eine Kleinkindfigur und gehöre in den Kindergarten!"

„Das ist aber nicht nett. Und wer ist Evelyn?"

„Evelyn ist Lacktrulla", erklärte Linn und fuhr dann mit verstellter Stimme fort: „Ich heiße Evelyn Augsblatt, bin zwölf Jahre alt, werde aber in drei Monaten dreizehn, esse gerne Sushi, liebe Wassersport aller Art, hasse Sternchenmuster, gestreifte Kniestrümpfe und Käse mit Honig."

„Verstehe", sagte Oma Betty und nickte. „Klarer Fall, Linn. Dieser Lacktrulla musst du es heimzahlen! So was lässt eine Krumbock nicht auf sich sitzen."

„Ganz genau. Nur wie?"

„Warte mal", sagte Oma Betty und überlegte. „Wie war das noch mal in *Busenfreundin bis aufs Messer*? Ah, ich hab's: Jane lockt Anne zu einem Treffpunkt. Jane ist jedoch nicht am Treffpunkt, sondern schleicht sich in Annes Wohnung, wo sie eindeutige Beweise für eine Affäre zwischen Anne und Tom, Janes Mann, findet. Daraufhin lässt sie Annes Wohnung in Flammen aufgehen und Tom … oder war Tom der Bruder? Na ja …"

„Oma! Ich kann doch nicht Lacktrullas Wohnung abfackeln. Außerdem gibt es keinen Tom."

„Keinen Tom? Schade. Du hast recht, abfackeln ist vielleicht etwas übertrieben. Aber es wäre schön dramatisch", sagte Oma Betty und grinste versonnen.

Linn seufzte.

„Am besten, du schlägst sie mit den Mitteln der Intelligenz.

Schreib erst mal einen Aufsatz, der sie ein wenig ärgert, aber mit dem du dir trotzdem keine schlechte Note einhandelst", sagte Oma Betty. „Sei nett zu ihr, gib dir Mühe, sie kennenzulernen – nur wer seine Feinde gut kennt, kann sie schlagen!"

Oma hat recht, überlegte Linn, während sie mit Benno auf der Schulter Richtung Stadt marschierte. Wenn ich mich zu sehr aufrege, kommt nichts weiter dabei heraus als ein Schluckauf.

Linn bog in die Fußgängerzone ein. Die meisten Leute warfen Linn belustigte Blicke zu und die kleinen Kinder zeigten auf Benno, der stolz und schweigsam auf Linns Schulter saß. Linn kannte das schon, deswegen ging sie eigentlich lieber im Wald mit Benno Gassi. Aber ihre Mutter hatte ihr auf einen Zettel geschrieben, dass sie Klopapier und Waschmittel brauchten. Und irgendwo in der Stadt würde schon ein entsprechender Laden sein.

„Siehst du, Benno, da ist es schon: Drogeriemarkt", murmelte Linn und ging mit Benno in den Laden. Nachdem sich Linn eine Riesenfamilienpackung Klopapier unter den Arm geklemmt hatte, durchstreifte sie auf der Suche nach Waschmittel die Gänge. Hoppla! Was war denn das? War da nicht eben etwas Rosa-Blondes am Ende des Ganges vorbeigeschwebt?

Linn schlich bis zum Ende des Regals und schaute um die Ecke. Tatsache! Da stand Lacktrulla. Genau vor dem Regal mit Haarfärbemitteln. Jetzt griff sie nach einer Packung mit der Aufschrift *Super Blond* und legte sie in ihren Korb.

Aha, interessant, dachte Linn. Super Blond. Linn musste

grinsen. Tja, Leo, Pech gehabt, doch keine echte Blondine. Wie kann man nur so blöd sein und sich mit zwölf die Haare färben? Was für eine schreckliche Naturhaarfarbe hatte Evelyn denn? Schweinchenrosa?

„Schätzchen, schau doch mal, brauchst du nicht ein paar neue Haarspangen?“, rief eine Frau um die vierzig durch den Laden. Sie hatte ein lilafarbenes Kostüm an, trug lilafarbene Stöckelschuhe und eine braungoldene Handtasche. In ihrer braunen Kurzhaarfrisur glänzten lila Strähnchen.

Die sieht aus wie aus einem dieser Modekataloge, in denen eleganten, erfolgreichen Geschäftsfrauen langweilige Klamotten angeboten werden, dachte Linn. Und sie sieht ein wenig aus wie Evelyn. Das kann nur ihre Mutter sein.

Linn schlich vorsichtig hinter Evelyn her und versteckte sich in der Nähe der Haarspangen hinter einer Säule mit Sonnenbrillen.

„Evi-Mausi, schau doch mal: Die goldlila gestreifte Spange ist doch entzückend, nicht wahr? Lass mal sehen, wie sie in deinem Haar aussieht“, sagte die lila Frau und hielt die Spange in Evelyns Haare.

„Mama, nenn mich nicht immer Evi-Mausi“, zischte Evelyn. „Außerdem mag ich Lila nicht.“

„Was hast du denn gegen Lila?“, fragte Mama Lacktrulla und zog ihr Kostüm glatt.

„Nein, nein, nichts. Bei dir sieht es super aus, echt.“

He, die kann ohne rot zu werden ihre eigene Mutter belügen, dachte Linn.

Evelyn trat an den Ständer mit den Haarspangen heran. „Vielleicht … ist die kleine Spange mit dem rosa Sternchen hier besser. Die sieht süß aus", sagte sie und nahm die Spange vom Ständer.

Hä? Ich dachte, Lacktrulla mag keine Sternchen, staunte Linn und reckte sich hinter dem Sonnenbrillenständer.

„Also, ich weiß nicht. Das ist doch eine Kinderspange", sagte die Mutter und schaute die Spange zweifelnd an.

Evelyn schien sich auf einmal an etwas zu erinnern. „Stimmt, du hast recht, Sternchen sind absolut kindisch", sagte sie und hängte die Spange zurück.

Plötzlich wackelte Benno auf Linns Schulter mit den Flügeln. „Pst!", machte Linn. Ist sicher verdammt langweilig für einen Papagei, minutenlang hinter einem Sonnenbrillenständer zu stehen und zwei Lacktrullas zu beobachten, dachte sie.

Benno hatte anscheinend echt den Schnabel voll von der ganzen Aktion. Auf einmal spürte Linn ein höllisches Zwacken im Ohrläppchen. Benno hatte Linn gebissen! „Aaah!", schrie Linn und machte einen Satz vor die Säule mit den Sonnenbrillen. Die Säule begann daraufhin gefährlich hin- und herzuwackeln.

Evelyn und ihre Mutter schrien ebenfalls und beobachteten angsterfüllt die schwankende Sonnenbrillensäule, neben der links rote Locken und rechts ein Papagei hervorlugten.

Verdammt, jetzt hilft nur noch eine gekonnte Flucht, dachte Linn. Sie griff nach einer großen Sonnenbrille, setzte sie auf, hielt sich die Familienpackung Klopapier vors Gesicht und stürmte an Lacktrulla junior und senior vorbei zur Kasse.

Hastig legte sie das Klopapier aufs Band und kramte ihr Geld aus der Tasche. „Stimmt so“, sagte sie und war bereits mit einem Schritt zur Tür raus.

„He, und was ist mit der Sonnenbrille?“, rief die Verkäuferin.

Schnell setzte Linn die Brille ab und legte sie der Verkäuferin hin. „Die brauch ich nicht mehr, danke.“

Die Verkäuferin schüttelte den Kopf und murmelte: „Hätte mich auch gewundert, wenn jemand das hässliche Teil klauen will.“

Evelyn und ihre Mutter starrten Linn nach.

„Was war denn das um Himmels willen!?“, fragte die Mutter.

Evelyn kniff die Augen zusammen. „Sah aus wie ein kleines Mädchen mit gestreiften Kniestrümpfen, einem Papagei und einer Packung Klopapier, das eine Sonnenbrille klauen wollte.“

Kapitel 3

Tagebuch von Linn Krumbock

22. August, Montag, 18:50 Uhr
2 x Schluckauf, mindestens 5 x Schluckaufgefahr

Wenn ich nur an sie denke, könnte ich schon wieder hicksen. Lacktrulla Evelyn Augsblatt. Sie hat mir meinen ersten Tag in der neuen Schule vermasselt. Mist, und morgen sehe ich sie schon wieder, und übermorgen und überübermorgen und überhaupt die ganzen nächsten Jahre. Es sei denn, Super-Blondi dreht wirklich mal eine Extrarunde, oder noch besser: Wir ziehen gleich wieder um! Ich werde mal mit Papa reden.

Na ja, aber ansonsten gefällt es mir hier ganz gut. Senta hat recht, das Ziegental ist wirklich klasse. Und Senta ist auch ganz in Ordnung.

Heute kam eine Postkarte aus New York von Carlos. Nur für mich. Ich hab sie so oft gelesen, dass ich sie auswendig kann:

Hello my sweet little Linn,
how are you? Hier drüben ist es echt super. New York ist riesengroß, aber man findet sich trotzdem schnell zurecht. Die Leute in der Schule sind alle ziemlich locker und nett. Wie du dir denken kannst, bin ich schon in zwei Sportmannschaften: Basketball und Eishockey. Und ich war letzte Woche Fallschirmspringen! Yes!! Das würde dir auch gefallen, garantiert. Schade, dass du nicht mit dabei sein konntest. Ich hoffe, bei dir ist alles klar in der neuen Schule (sei nett zu den anderen!). Ich denke ganz oft an dich ... und drücke dich, dein Carlos!

Ist das nicht süß? Er denkt ganz oft an mich!!! Puh, drei Monate ohne Carlos sind viel zu lang.

Mein Lieblingsbruder hat gut reden: Sei nett zu den anderen. Pff! Ich bin total nett zu den anderen. Nur sie eben nicht zu mir. Oder? Ich meine – es ist doch nicht meine Schuld, dass Lacktrulla mich so angiftet. Okay, ich bin auf ihre schicken Lackschuhe getreten, aber das ist noch lange kein Grund, mich als Kindergartenkind zu bezeichnen. Hm, na ja, vielleicht hätte ich ihr nicht zweimal auf die Schuhe treten sollen. Egal, Fakt ist: Sie hat sich vor der ganzen Klasse über mich lustig gemacht, und das war eine Kriegserklärung. Und ich bin sicher die Letzte, die so was auf sich sitzen lässt.

Hoffentlich hat sie mich heute Nachmittag im Drogeriemarkt nicht erkannt. Mann, war das peinlich! Beinahe hätte ich eine Sonnenbrille geklaut. Und dazu noch eine total hässliche. Aber daran ist nur Evelyn schuld. Auch daran, dass ich das Waschmittel vergessen hab und mir von Mama einen Anschiss anhören konnte.

Wie Oma Betty gesagt hat, hab ich vorhin einen netten kleinen Aufsatz über Lacktrulla geschrieben. Ha! Die wird morgen Augen oder besser Ohren machen!

In der ersten Stunde hatten sie Mathe bei Herrn Keiler. Linn mochte Mathe zwar nicht besonders, aber mit Zahlen kam sie ganz gut zurecht. Manchmal konnte es sogar richtig spannend und knifflig sein, wie ein Rätsel, das man unbedingt lösen will.

Als Linn in den Raum kam, winkte Senta schon von ihrer Bank aus. „Hallo! Setzt du dich neben mich?"

Linn schlängelte sich durch die Bankreihen bis zu Senta. „Hallo, Senta", sagte Linn und ließ ihren Sternchenrucksack auf die Bank fallen. Aus den Augenwinkeln bemerkte Linn, dass drei Blondinen kurz nach ihr das Klassenzimmer betraten. Evelyn hatte schon wieder einen Haufen Bewunderer um sich geschart. In kleinen Grüppchen standen sie bei Evelyn und lauschten ihren Erzählungen.

Was hat die schon zu erzählen?, wunderte sich Linn. Dass sie sich gestern Nachmittag eine neue Haarspange gekauft hat?

„War Benno brav beim Gassigehen?", fragte Senta und riss Linn aus ihren Gedanken. „Benno? Der ist meistens brav. Sagt kein Wort und sitzt ganz still", entgegnete Linn.

„Du, Linn, meinst du, ich könnte auch mal mit Benno Gassi gehen?", fragte Senta schüchtern.

Linn überlegte kurz. „Klar, warum nicht."

„Oh, super! Danke, Linn!", rief Senta.

Linn spähte zur Tür, an der immer noch Evelyn mit ihrem Hofstaat stand. Schnell wandte sie den Blick wieder ab. Verdammt! Es schien, als ob die anderen sich nach Linn umdrehen würden. Was hatte das zu bedeuten? Von der Tür war jetzt ein deutliches Murmeln und Kichern zu vernehmen.

In dem Moment betrat Herr Keiler den Raum, dicht gefolgt von Moritz, der es zwei Sekunden vor Stundenklingeln auf seinen Platz schaffte. Das Lacktrulla-Grüppchen löste sich auf und alle setzten sich. Einige warfen Linn merkwürdige Blicke zu.

Mist, die erste Stunde hat noch nicht mal angefangen und ich spüre schon wieder einen Schluckauf in mir hochsteigen, dachte Linn. Sie versuchte sich auf die Zahlenreihen zu konzentrieren, die Herr Keiler an die Tafel schrieb.

„Zum Aufwärmen löst ihr diese Aufgaben vom letzten Schuljahr. In zehn Minuten hole ich jemanden an die Tafel. Also, los!“, sagte Herr Keiler und machte es sich auf dem Stuhl am Lehrertisch bequem.

Diesmal hörte man von Moritz' Bank kein Stöhnen, sondern das Kratzen seines Füllers auf dem Papier. Der muss ein Superrechner sein, überlegte Linn. Sie überflog die Aufgaben an der Tafel. Na ja, okay, sooo schwer waren die nun auch nicht. Linn beugte sich über ihr Heft und begann zu rechnen.

Plötzlich zischte es hinter Linn und sie sah, wie Tina einen kleinen Zettel zur nächsten Bank gab. Es dauerte nicht lange und Linn hörte ein Kichern hinter sich.

Senta zuckte mit keiner Wimper und schrieb säuberlich Zahlenfolgen auf.

Möchte mal wissen, wer hier in den Kindergarten gehört, dachte Linn und versuchte sich wieder auf die Aufgaben zu konzentrieren. Was wohl auf dem Zettel stand? Verdammt, das kann mir doch völlig schnuppe sein. Jawohl, völlig schnuppe. Ich rechne jetzt, nahm sich Linn vor.

Genau in dem Moment schnippte Evelyn einen der kleinen Zettel auf den Tisch ihres Vordermannes. Danach warf sie Linn einen hämischen Blick zu. Linn hielt dem Blick stand, aber dann war es mit ihrer Konzentration vorbei. Okay, diese Zettel hatten also eindeutig etwas mit ihr zu tun. Na schön. Oder vielleicht ging es auch gar nicht um sie, sondern nur um ein wahnsinnig spannendes Lacktrulla-Geheimnis, über das jetzt alle bis auf Linn Bescheid wussten. Na, und wenn schon! Was interessierte Linn, was Lacktrulla für Neuigkeiten zu berichten hatte? Aber nur für den Fall, dass so ein Zettel bei Senta auf dem Tisch landen sollte … Linn würde mal kurz drüberlesen. Wie sagte Oma Betty: Man muss seine Feinde kennen, um sie besiegen zu können. Reine Strategie also.

„So“, sagte Herr Keiler plötzlich und erhob sich gemächlich von seinem Stuhl. „Die zehn Minuten sind um. Welchen großen Mathematiker darf ich denn zur Tafel bitten?“, fragte er und schaute suchend in die Klasse.

Moritz wippte lässig auf seinem Stuhl und kaute auf einem Bleistift. Er hatte anscheinend alle Aufgaben erledigt.

Linn schluckte. Von den acht Aufgaben hatte sie gerade mal vier geschafft. Und wer war daran schuld? Keine Frage: Lacktrulla mit ihren blöden Zettelchen! Linn schielte auf Sentas Blatt. Die Schrift war zwar ordentlich, aber viel zu klein, um etwas zu erkennen.

„Evelyn? Sei du doch bitte so gut und überzeuge uns an der Tafel von deinem unendlichen mathematischen Wissen“, sagte Herr Keiler und hielt Evelyn die Kreide hin.

Evelyn bekam rote Flecken im Gesicht. „Ich … äh … ich bin noch nicht ganz fertig“, sagte sie. „Vielleicht könnten Sie erst mal jemand anderen drannehmen“, fügte sie hinzu und lächelte.

Ha, das gefällt mir wahnsinnig gut, freute sich Linn. Lacktrulla mit einem Tomatenkopf! Wer hätte gedacht, dass die rot werden könnte? Dabei sieht es todschick aus zu ihrem rosa Outfit.

„Keine Angst, du musst nur die ersten Aufgaben lösen, für den Rest finden wir dann jemand anderen“, sagte Herr Keiler und winkte Evelyn zur Tafel.

Evelyn seufzte, nahm ihr Heft und ging langsam Richtung Tafel. Als sie bei dem pickligen Lucas vorbeiging, ließ sie blitzschnell ihr Heft auf seinen Tisch gleiten und nahm sich sein Heft. Lucas schaute Evelyn verdutzt an und sie zwinkerte ihm zu.

Linn schaute schnell zu Herrn Keiler. Wahnsinn, hatte die ein Glück! Herr Keiler schien gerade etwas Dreck unter seinen Fingernägeln entdeckt zu haben und war damit beschäftigt, ihn herauszupulen. Kein schlechter Trick, Evelyn. Das musste selbst Linn zugeben.

Evelyn stellte sich vor die Tafel und schrieb in Schönschrift die Lösungen hinter die Zahlenfolgen. „209 minus 311 ist gleich minus 120“, sagte sie dabei laut, als ob sie auf einmal die Lehrerin wäre.

„Danke, das genügt“, sagte Herr Keiler, als Evelyn die vierte Lösung aufgeschrieben hatte. „Erstaunlich, Evelyn. Alles korrekt." Er warf einen Blick in ihr Heft. „Oh Wunder der Natur! An der Tafel schreibst du viel schöner als in deinem Heft. Man könnte meinen, in deinem Heft, das wäre eine Jungsschrift."

„An der Tafel habe ich mir eben mehr Mühe gegeben", sagte Evelyn und ging schnell auf ihren Platz zurück.

Herr Keiler zog die Augenbrauen in die Höhe und grinste. „Nun gut. Mit wem werden wir denn für die letzten vier Aufgaben das Vergnügen haben?", fragte er und ließ seinen Blick durch die Klasse schweifen. „Ah. Unser Neuzugang! Linn, kommst du nach vorne?"

NEIN!!! Das musste ja passieren! Warum, warum nur? Und warum gerade die letzten vier Aufgaben? Genau die, die ich nicht mehr geschafft habe, dachte Linn. Und warum gerade ich? Das ist nicht fair! Neue Schüler sollte man erst mal in Ruhe lassen, jawohl, die mussten sich doch erst eingewöhnen. Aber das war Herrn Keiler natürlich piepegal. Linn spürte einen Schluckauf.

„Was ist? Kommst du?", fragte Herr Keiler, der langsam die Geduld verlor.

Linn nahm ihr Heft und stand auf. Während sie durch die Bankreihen nach vorne ging, spürte sie die hämischen Blicke der anderen. Was haben die alle gegen mich?, dachte Linn verzweifelt. Es ist sooo unfair! Ich kann doch nicht einfach wie Evelyn mein Heft schnell austauschen.

Als Linn an Moritz' Bank vorbeiging, spürte sie plötzlich eine Hand an ihrem Hintern. Der spinnt wohl! Nur weil ich heute eine Jeans anhab, ist das noch lange keine Freigabe zum Pograpschen. Blitzschnell drehte sich Linn um: „He, lass das!", fauchte sie.

Moritz hob abwehrend die Hände und zeigte dann unauffällig auf ihre Hosentasche.

Was sollte denn das nun wieder? Linn griff automatisch in ihre Hosentasche. Ein Zettel! Linn grinste. Dieser Moritz war gar nicht so übel.

„Linn! Bist du jetzt endlich so weit? Wir warten alle auf deine Lösungen", ermahnte sie Herr Keiler.

Schnell faltete Linn den Zettel auseinander, legte ihn in ihr Heft und ging zur Tafel. Oh Gott, was war denn das? Okay, das sollten wohl die Lösungen sein – aber wer um alles in der Welt kann denn so eine Klaue lesen? Linn zog die Stirn in Falten. Am besten, ich schreibe einfach alles genau so hin, wie es Moritz geschrieben hat, sagte sie sich und griff nach der Kreide: 48 x 67 x = 19 x. Fragend schaute Linn Herrn Keiler an.

„Ja, sehr gut. Mach nur weiter", sagte er.

Linn kritzelte nun schnell die restlichen Lösungen auf die Tafel. Danach legte sie die Kreide hin und wollte auf ihren Platz zurück, als Herr Keiler sich räusperte.

„Moment. Die ersten drei Lösungen sind korrekt. Das heißt … soweit ich sie entziffern kann. Aber bei der letzten musst du mir ein wenig helfen. Soll das minus 520 oder minus 570 heißen?" Herr Keiler schaute Linn erwartungsvoll an.

Linn starrte die letzte Zahlenreihe an. In ihrem Gehirn war nur ein lauter, schriller Pfeifton. Dazwischen schien eine

Computerstimme laut „error, error“ zu tröten. Linn konnte jetzt unmöglich rechnen. Wahrscheinlich hätte sie noch nicht mal die Lösung zu 1 plus 1 rausgekriegt. Am liebsten wäre sie im Boden versunken. Sag was, irgendwas. Die Chancen stehen 50 : 50. Komm schon, ermahnte sich Linn. Sie öffnete den Mund – und heraus kam ein lautes „Hicks!“

Die ganze Klasse brach in Gelächter aus.

Oh Kacke, wie peinlich! „’tschuldigung“, murmelte Linn und senkte ihren Kopf. Leider reichten die Locken nicht, um ihr Gesicht dahinter zu verstecken.

„Ruhe!“, rief Herr Keiler durch die Klasse. „Tut mir leid, Linn, aber ‚Hicks‘ lasse ich nicht als Lösung durchgehen. Also: 520 oder 570?“

Linn musste es versuchen: „Fünfhundertsie…“

„Also, ich würde sagen, das ist eindeutig eine 520“, fuhr ihr Moritz ins Wort und grinste Linn mit seiner Zahnlücke an.

Herr Keiler warf Moritz einen genervten Blick zu.

„Ähm, ja, genau“, sagte Linn schnell. „Die Lösung ist minus 520. Ganz klar.“

„Danke, Linn, du kannst dich wieder setzen“, sagte Herr Keiler. „Und danke auch dir, Moritz.“

„Keine Ursache“, sagte Moritz und lehnte sich wieder in seinem Stuhl zurück.

Nach der Stunde passte Linn Moritz an der Tür ab. „Danke. Für den Zettel, meine ich.“ Linn spürte, wie ihr die Hitze in den Kopf stieg. Was war das? Wurde sie etwa rot?

„He, chill out. Hab ich sowieso nur gemacht, um Evelyn den

Spaß zu verderben", sagte Moritz und schlurfte an Linn vorbei in den Flur.

Linn schmiss ihre Lockenmähne über die Schulter. Was für ein Penner!, dachte sie. Warum müssen Jungs immer so blöde tun?

„Linn, kommst du?", fragte Senta. „Wir müssen rüber zum Bioraum."

„Geh schon mal vor und halt mir einen Platz frei, ich muss noch mal schnell aufs Klo", sagte Linn.

Als Linn vom Klo zurückkam, sah sie Senta von Evelyn, Tina und Lina umzingelt vor dem Bioraum stehen. Evelyn redete auf Senta ein.

Oh mein Gott, die Ärmste. Ich muss sie retten!, dachte Linn und steuerte schnell auf das Grüppchen zu.

Kaum hatte Senta Linn erblickt, drehte sie sich abrupt um und ließ sich von Lacktrulla in den Raum ziehen. Was soll das denn?, fragte sich Linn. Sie hatte das Gefühl, als wäre gerade ein Stein in ihrem Bauch gelandet. War Senta jetzt etwa auch zum Schweinchen geworden? Was hatte sie denn auf einmal gegen Linn?

Linn betrat den Bioraum und schaute sich nach Senta um. Na prima! Senta saß mit Lina an einer Bank, gleich neben der Bank von Evelyn und Tina. Sie schaute stur in ihr Bioheft. Mann, muss ja wahnsinnig spannend sein, was da steht. Linn schnaubte verächtlich. Sie wollte sich auf keinen Fall anmerken lassen, wie enttäuscht sie war.

Sie setzte sich auf den einzigen freien Platz – natürlich in der ersten Reihe. Linn war, als ob tausend Blicke sie von hinten wie spitze Nadeln piksen würden. Was hatte Lacktrulla Senta nur erzählt? Was immer es war, es musste absoluter Blödsinn sein. Und das musste Linn Senta klarmachen. Eigentlich war es Linn egal, was andere über sie dachten. Aber wenn Evelyn die ganze Klasse und dann noch ihre einzige Freundin Senta gegen sie aufbrachte, musste Linn etwas unternehmen. Aber war Senta das denn? Ihre Freundin? Wieso glaubte sie Evelyn so schnell, ohne auch nur ein Wort mit Linn geredet zu haben? Vielleicht war Senta genauso eine hohle Trulla wie die Blondis. Nein, das war unfair. Sicher benutzte Evelyn Senta nur, um Linn eins auszuwischen. Und so gut kannte Senta Linn ja noch nicht. Kein Wunder, dass sie auf Lacktrulla reinfiel. Linn musste mit Senta reden, so viel stand fest. Sie würde sie nicht einfach kampflos aufgeben.

Die Biostunde war der reinste Horror für Linn. Auf ihrem Platz in der ersten Reihe fühlte sie sich wie auf einer Insel. Aber keine Insel mit Palmen und Sonne, sondern eine mit steinigem Strand und Regen. Linn wagte es nicht, sich nach Senta und dem Lacktrulla-Trupp umzudrehen. Vielleicht redeten sie gerade über Linn? Oder machten Witze über sie? Was, wenn Senta Linn wirklich nicht mehr leiden konnte? Der Stein in Linns Bauch wurde immer schwerer. Linn musste mit Senta reden. Unbedingt.

Nach der Stunde stürmten die drei Blondis mit Senta im Schlepptau aus dem Bioraum. Linn stopfte hastig ihre Sachen in den Sternchenrucksack und rannte hinterher. Sie holte die drei auf dem Flur ein und stellte sich direkt vor Senta, die sie erst verdutzt ansah und dann den Kopf zum Boden senkte.

„Ich muss mit dir reden", sagte Linn und fügte mit einem Blick auf Lacktrulla hinzu: „Und zwar alleine."

Bevor Senta etwas erwidern konnte, schnappte Evelyn: „Ich glaube nicht, dass Senta noch mit dir reden möchte."

„Du hältst dich da raus", fauchte Linn und schaute dann wieder zu Senta, die noch immer auf den Boden starrte. „Senta, komm schon!" Irgendwie musste Senta doch von den dreien wegzubekommen sein. „Wolltest du nicht mit Benno Gassi gehen?", fragte Linn.

Senta hob den Kopf und wollte gerade etwas sagen, als ihr Lacktrulla wieder das Wort abschnitt.

„Na prima, eine Erpresserin ist sie also auch noch!", rief Evelyn und schaute ihre Freundinnen an.

Linn platzte der Kragen. „Was heißt hier Erpressung? Ihr nutzt Senta doch nur aus. Außerdem könnte ich euch genauso gut wegen Verleumdung anzeigen!" Linn griff nach Sentas Arm. „Komm jetzt weg von diesen albernen Ziegen!"

Evelyn griff blitzschnell Sentas anderen Arm. „Moment! Senta bleibt hier. Sie gehört zu uns, denn mit dir will sie auf keinen Fall mehr etwas zu tun haben."

Senta blickte hilflos von Linn zu Evelyn, die jeweils an einem Arm von ihr zogen. „Hört auf damit, beide!", rief sie, riss sich mit einem Ruck los und rannte auf die Toilette.

Evelyn und Linn guckten sich eine Sekunde in die Augen, dann spurteten sie beide Senta hinterher.

Senta war im mittleren von drei Klos. Ohne zu zögern stürmte Linn in das linke Klo, während Evelyn hinter der rechten Klotür verschwand. Linn stellte sich auf den Klodeckel und versuchte zu Senta rüberzuschauen. Mist! Sie war eindeutig zu klein. Sie stieg vom Klodeckel runter und lugte durch den unteren Spalt zu Senta hinüber. Das war schon besser.

Senta saß auf dem geschlossenen Klodeckel und hielt sich die Ohren zu.

„He, Senta“, rief Linn, schob eine Hand durch den Spalt und kniff Senta ins Bein.

„Iiicks!“, quietschte Senta und zog ihr Bein zurück.

Im gleichen Moment war von der rechten Kabine von oben eine Stimme zu hören: „Senta! Ich bin hier!“

Lacktrulla. Die war natürlich groß genug, um über die obere Trennwand zu gucken.

Linn musste schnell handeln. „Senta“, sagte sie. „Was immer dir Evelyn über mich erzählt hat, glaub ihr kein Wort!“

„Senta!“, rief Evelyn von oben. „Hör nicht auf sie. Du weißt, sie ist eine Kriminelle!“

Eine Kriminelle? Was redet die für einen Quatsch? „Spinnst du?“, fauchte Linn. „Die Einzige, die hier kriminell ist, bist du. Und zwar kriminell blöd!“

Senta folgte dem Wortgefecht wie einem Tennismatch mit abwechselnden Blicken nach unten zu Linn und nach oben zu Evelyn.

„Oh, unser kleines Linnilein regt sich auf! Na klar, betroffene Hunde bellen“, sagte Evelyn und kicherte.

Linnilein? Linn setzte sich schnell auf den Klodeckel und atmete tief ein. Jetzt bloß keinen Schluckauf!

„Was ist, Linnilein? Bist du ins Klo gefallen?“, rief Evelyn.

Linn schnaufte. „Nein, mir geht's prima. Aber vielleicht solltest du deinen Super-Blondi-Kopf mal in die Kloschüssel hängen, damit dein Gehirn kräftig durchgespült wird, EVI-MAUSI!“

Statt einer Antwort kam aus der rechten Kabine ein ohrenbetäubend hoher Schrei und kurz darauf hörte man ein lautes „Platsch!“.

Linn stutzte. Hatte Lacktrulla ihren Rat etwa ernst genommen und den Kopf in die Kloschüssel gesteckt? Nein, so blöd konnte selbst sie nicht sein. Vielleicht hatte Evelyn in der Eile den Klodeckel nicht runtergeklappt und sich auf die Klobrille gestellt? Und ... jetzt war sie mit dem Fuß ins Klo gerutscht! Na klar! Auf Linns Gesicht breitete sich ein Grinsen aus. „He, Evelyn, ich sagte Gehirnspülung, nicht Fußspülung!“, rief Linn und kicherte in sich hinein.

Plötzlich flog die mittlere Klotür auf und Senta stürmte aus der Toilette.

Bis auf ein Rascheln von Klopapier aus der rechten Kabine war jetzt alles still. Linn ging mit einer Rolle Klopapier zur rechten Kabine. „Hier, Evi-Mausi“, sagte sie und schmiss die Rolle über die Tür. „Falls dir das Klopapier beim Trockenrubbeln deiner Lackschuhe ausgeht!“

„Hau ab, Liliput!“, zischte Evelyn, aber da war Linn schon in den Flur getreten.

Kapitel 4

Kurz vor dem Klingeln huschte Linn an Frau Blume vorbei und setzte sich auf ihren Platz neben Moritz. Bei dem Gedanken, dass Lacktrulla jetzt noch neben dem Klo stand und ihre Schuhe polierte, entwich ihr ein Kichern.

„Hab ich einen Witz verpasst?“, fragte Moritz.

Linn schüttelte den Kopf. „Nee, nur einen Mädchenklo-Unfall.“

„Klingt spannend“, meinte Moritz und schaute Linn erwartungsvoll an.

Linn ignorierte Moritz und spähte zu Senta hinüber. Die schaute schon wieder in ihr Heft. Aber Linn konnte deutlich ein Grinsen auf Sentas Lippen erkennen. In Linns Bauch kribbelte es vor Freude. Senta war also doch nicht zum Schweinchen geworden!

Frau Blume wollte gerade mit dem Unterricht beginnen, als Evelyn zur Tür hereinstürmte. „'tschuldigung“, murmelte sie und setzte sich schnell auf ihren Platz.

Linn beugte sich vor, um einen Blick auf Evelyns Füße zu werfen. Die Lackschuhe glänzten wie neu und an Evelyns rechtem

Hosenbein waren eindeutig nasse Flecken zu erkennen. Evelyn, die Linns Blick bemerkte, funkelte Linn aus zusammengekniffenen Augen an. Linn zog die Augenbrauen in die Höhe, lehnte sich zurück und grinste vergnügt.

„Meine Lieben", begann Frau Blume und schob ihre Brille auf der Nase ein Stück nach oben. „Wir haben heute keine Zeit zu verlieren, denn wir wollen möglichst viele von euren Aufsätzen in der Stunde durchnehmen."

„Aufsätze?", fragte Moritz und zog die Stirn in Falten.

Frau Blume seufzte. „Eure Empathie-Aufsätze. Hausaufgabe zu heute war, dass jeder einen Aufsatz aus Sicht seines Empathie-Partners schreibt", erklärte Frau Blume und schaute Moritz eindringlich an.

„Oh, klar doch, meinen Aufsatz, hab ich dabei", sagte Moritz. Sobald Frau Blume den Blick von ihm abwandte, holte Moritz ein Blatt hervor und begann ein paar Zeilen zu kritzeln.

Linn schlug in ihrem Heft die Seite mit dem Aufsatz auf. Endlich!, dachte sie. Auf diese Stunde hatte sich Linn schon gefreut. Sie überflog den Aufsatz noch mal. Richtig gemein war er leider gar nicht. Er war eigentlich … ganz realistisch. Aber das war bei einer Ziege wie Lacktrulla völlig ausreichend. Das Dumme war nur, dass Lacktrulla sicher auch einen Aufsatz über Linn geschrieben hatte. Linn schielte zu Evelyns Bank. Evelyn hatte ihr Heft noch geschlossen und rubbelte an ihrem Hosenbein.

„Fangen wir an!", rief Frau Blume und klatschte in die Hände. Wie zur Bestätigung wackelten dabei ihre abstehenden Haare.

„Wir gehen einfach alphabetisch vor. Moritz Aigner, das heißt, du beginnst. Ich – ich denke, wir alle – sind gespannt, wie gut du dich in Senta hineinversetzt hast“, sagte Frau Blume und nickte Moritz zu.

Moritz ließ den Stift fallen, zog geräuschvoll seine Nase hoch und begann mit piepsig hoher Stimme zu lesen:

Ich bin die liebe Senta. Alle Tiere der Welt sind meine Freunde. Mein bester Freund wäre ein Pferd, wenn ich eins hätte. Ich mag Blumen, Sonnenschein und sogar die Schule. Ich bin immer lieb und brav, deshalb hat mir der Weihnachtsmann noch nie die Rute gegeben.

Durch die Klasse ging ein Kichern und Frau Blume starrte Moritz an.

Moritz sank in seinen Stuhl zurück. „Das war's“, verkündete er.

Senta saß kerzengerade mit knallrotem Kopf wie erstarrt auf ihrem Stuhl. Linn hätte ihr jetzt gerne zugezwinkert, zugelächelt oder … einfach irgendein Zeichen gegeben. Aber Senta starrte stur geradeaus.

„Ich kann nur hoffen, dass sich die anderen etwas mehr Mühe gegeben haben. Und Moritz – von dir bekomme ich bis morgen früh einen neuen Aufsatz. Ist das klar?“, sagte Frau Blume und wandte sich von Moritz mit einem Kopfschütteln ab. „Machen wir weiter. Evelyn, liest du bitte deinen Aufsatz über Linn vor?“, sagte Frau Blume und setzte sich halb auf den Lehrertisch, wobei ihr langer grauer Rock ein wenig nach oben rutschte und käseweiße, haarige Beine zum Vorschein kamen.

„Gerne“, sagte Evelyn, streckte ihre Brust heraus und schlug ihr Heft auf.

Linn lehnte sich zurück. Was immer diese Trulla jetzt auch für einen Schwachsinn erzählen würde, Linn würde cool bleiben. Nur für den unwahrscheinlichen Fall, dass ein Schluckauf drohen sollte, nahm Linn ihren Radiergummi in die Hand zum Abreagieren. Linn hatte alles im Griff.

Evelyn warf mit einem kurzen Ruck ihre blonden Haare über die Schultern und begann zu lesen:

Ich bin Linn Krumbock. Aber meine Freunde aus dem Kindergarten nennen mich LiliputLinn. Wenn ich mal groß bin – falls ich jemals noch wachsen sollte –, werde ich Astronaut. Dann fliege ich zu den Sternen und vielleicht finde ich einen abgelegenen Planeten, auf dem andere Liliputs mit gestreiften Kniestrümpfen und Sternchenröckchen leben. Das wäre toll. Denn ich weiß auch nicht, warum, aber auf der Erde bin ich der Mode immer Lichtjahre hinterher.

In meiner Freizeit gehe ich am liebsten Klopapier kaufen. Dabei spiele ich Pirat und setze mir einen Papagei auf die Schulter. Ich stelle mir vor, der Drogeriemarkt ist eine Schatzinsel. Und wie ein echter Pirat muss ich da natürlich was mitgehen lassen. Aber leider bin ich zu blöd zum Klauen und werde immer erwischt. Da meiner Familie das oberpeinlich ist, sind wir auch umgezogen. Aber ich kann den Piraten in mir einfach nicht ausschalten. Ich glaub, ich brauche dringend Hilfe, vielleicht sogar psychologische Behandlung? Aber das würde ich niemals zugeben, denn ich bin obercool, auch wenn das keiner merkt.

Der Radiergummi in Linns Hand sah erbärmlich aus. Er war in drei Teile zerbrochen und klebte an Linns feuchten Händen. Aber das Schlimmste war, dass er nicht gegen den aufsteigenden Schluckauf half. „Hicks“, da war er schon.

Evelyn schlug ihr Heft zu, schaute belustigt zu Linn und dann unschuldig zu Frau Blume.

In der Klasse war es still. Kein Wunder, die meisten hatte Evelyn offensichtlich schon mit ihren Zettelchen über Linns Freizeitbeschäftigung informiert. Wer konnte denn so einen Dummpups glauben? Dass Linn Pirat spielte, klaute und psychologische Behandlung brauchte!

Frau Blume rutschte auf dem Lehrertisch hin und her und räusperte sich. „Danke, Evelyn. Du scheinst dir zumindest Gedanken gemacht zu haben. Wenn auch sehr merkwürdige, wie ich finde. Vielleicht hast du in Linn ja eine lebhafte Fantasie entdeckt, auf die du uns hinweisen wolltest. Ähm ... sprachlich war dein Aufsatz auf jeden Fall gelungen.“

Lebhafte Fantasie? Die Blume blickt es einfach nicht, dachte Linn verzweifelt. Lacktrulla kann doch hier nicht einfach über mich herziehen und dann noch für ihre sprachlichen Leistungen gelobt werden! Nein, so was konnte Linn nicht auf sich sitzen lassen. Sie musste etwas unternehmen.

„Und jetzt geht es weiter im Alphabet mit ...“, sagte Frau Blume.

„Frau Blume“, rief Linn und schnippte mit dem Finger. „Wäre es nicht besser, wenn die beiden Empathie-Partner immer gleich hintereinander vorlesen, statt nach dem Alphabet vorzugehen?“

Frau Blume schaute Linn an. Dann nickte sie langsam. „Ein sehr guter Vorschlag, Linn. Schön, dass du so mitdenkst. Ja, also dann – mach doch gleich mal weiter, bitte!“, sagte Frau Blume und machte eine Handbewegung, als ob sie für Linn die Bühne freigeben würde.

Linn warf Evelyn einen Blick zu. Dann legte sie schnell den Radiergummi weg, strich eine lange rote Locke aus der Stirn und begann zu lesen:

Hallo Fans! Eigentlich muss ich mich nicht vorstellen, denn jeder kennt mich: Evelyn Augsblatt. Warum mich jeder kennt? Ich bin einfach das tollste, blondeste und heißeste Mädchen der ganzen Schule. Wahrscheinlich sogar der ganzen Stadt. Aber eigentlich warte ich nur darauf, dass ich aus diesem Nest hier wegkomme. Dann mache ich Karriere als Model oder Filmstar und lasse mich von den heißesten Typen in Hollywood zum Essen einladen. Dann bin ich auch nicht mehr auf meine lästigen Freunde hier angewiesen. Es ist schrecklich, ständig von ihnen bewundert und nachgeahmt zu werden. Tja, ich kann nichts machen: Ich bin einfach Evelyn, die Queen!

Aber mal ganz unter uns: Am liebsten unternehme ich was mit meiner Mami. Sie nennt mich Evi-Mausi – ist das nicht süß? Wir verbringen viel Zeit miteinander, schauen zusammen Modezeitschriften an, gehen zur Maniküre oder helfen uns gegenseitig beim Haarefärben. Meine Mama ist nämlich Super-Lila und ich Super-Blondi. Oder dachtet ihr etwa, meine blonden Haare sind echt?

Linn war eigentlich fertig, aber da fiel ihr noch was ein.

Meine Lackschuhe putze ich nur in der Kloschüssel. Mit einem Tropfen Urin hält das Leder länger.

Frau Blume schaute Linn verdutzt an, die Klasse schaute auf Evelyns Schuhe.

Frau Blume schien nach Worten zu suchen. „Sehr interessant, Linn“, sagte sie schließlich. „Ich glaube, ihr zwei seid wirklich ein hervorragendes Empathie-Paar.“ Frau Blume blickte von Linn zu Evelyn und lächelte. „Allerdings scheint mir, dass ihr für euren nächsten Aufsatz noch viel Arbeit vor euch habt.“

Linn und Evelyn funkelten sich über die Bankreihen hinweg an.

„Stimmt das mit dem Urin?“, fragte Moritz leise.

„Was?“, sagte Linn, die in Gedanken noch bei Evelyns Aufsatz war.

„Na, dass das Leder damit länger hält.“

Linn schaute auf Moritz' völlig abgelaufene und zerfledderte Skaterschuhe und warf ihm einen spöttischen Blick zu. „Klar stimmt das. Aber bei deinen Tretern muss schon ein Elefant draufpinkeln, damit da noch was zu retten ist.“

„Sehr komisch“, sagte Moritz und drehte sich weg.

Der Rest der Stunde war langweilig, denn die meisten hatten nur nette Sachen über ihren Partner geschrieben. Frau Blume schien dennoch alles unheimlich spannend zu finden. Vielleicht tat sie aber auch nur so. War ja ihr Job und sie bekam schließlich Geld dafür, dass sie sich solche Geschichten anhörte.

Kaum hatte es geklingelt, stürmte Evelyn zu Linns Bank. „Du hast sie ja wohl nicht mehr alle! Das nimmst du zurück, und zwar vor der ganzen Klasse!", rief Evelyn und bekam rote Flecken im Gesicht.

„Was soll ich zurücknehmen?"

„Alles. Die … die Sache mit den Hollywood-Typen, die Evi-Mausi und vor allem die Kloschüssel!"

Linn stand auf. In ihrer rechten Hand drückte sie auf den Resten ihres Radiergummis herum. „Pass mal auf, Super Blondi. ICH habe nur die Wahrheit über dich geschrieben. Wenn du die nicht verträgst, ist das dein Problem. Aber DU hast aus mir einen … einen kriminellen Klopapierkäufer gemacht, der reif für die Klapse ist!"

„Ja und? Bist du das etwa nicht?"

„Nein, das bin ich nicht. Und das weißt du auch." Linn hätte am liebsten geschrien, aber Frau Blume war auch so schon auf sie aufmerksam geworden.

Sie stellte sich zwischen Evelyn und Linn und legte jedem eine Hand auf die Schulter.

Was soll das denn?, dachte Linn. Waren sie jetzt schon beim Psychologen? Linn ruckte mit der Schulter und sah, dass auch Evelyn der Hand von Frau Blume zu entkommen versuchte.

Die ließ sich aber nicht ablenken. „Es freut mich, dass ihr sogar in der Pause mit so viel Leidenschaft an eurem Empathie-Projekt arbeitet", sagte sie und lächelte Linn und Evelyn zu.

Das konnte sie ja wohl nicht ernst meinen, überlegte Linn. Oder doch?

„Sicher bieten eure ersten Aufsätze reichlich Diskussionsstoff. Aber vielleicht solltet ihr sie jetzt mal außer Acht lassen und … nun ja, eine Art Waffenstillstand schließen. Der nächste Schritt ist das gegenseitige Kennenlernen. Wie wäre es, wenn ihr den anderen mal zu Hause besucht?" Frau Blume lächelte Linn und Evelyn an, als ob sie gerade kleinen Kindern vorgeschlagen hätte, zusammen im Sandkasten zu spielen.

Ich soll Evelyn zu Hause besuchen? Oder noch schlimmer: Lacktrulla soll zu mir kommen? Nie im Leben, dachte Linn und versuchte Frau Blumes Blick zu ignorieren. Doch das war schwierig. Diese Frau musste irgendwelche geheimen Kräfte haben, die Schüler hypnotisierten.

„Linn, ihr seid doch gerade umgezogen? Sicher möchtest du Evelyn mal dein neues Zimmer zeigen, oder?"

Oh Mann! Das kann ja wohl nicht wahr sein! Nein, ganz sicher will ich Evi-Mausi NICHT mein Zimmer zeigen. „Ehrlich gesagt, bei uns sieht es noch ziemlich chaotisch aus. Ich hab noch gar nicht richtig eingeräumt, wissen Sie", stammelte Linn und warf Frau Blume einen flehenden Blick zu.

„Aber das ist doch perfekt! Evelyn hilft dir sicher gerne dabei. Und wenn man erst mal gemeinsam etwas vollbracht hat, fühlt man sich einander auch gleich viel näher. Wunderbar!"

Linn und Evelyn starrten beide auf die Bank zwischen ihnen und sagten kein Wort.

Wunderbar? Das war alles andere als wunderbar. Das war das

idiotischste Schulprojekt, das Linn kannte. Sollte Linn Evelyn jetzt etwa auch noch einladen?

„Also, Linn, für wann lädst du Evelyn ein?“, fragte Frau Blume in diesem Moment.

Linn schluckte. Frau Blume war wirklich erbarmungslos. „Heute Nachmittag“, murmelte sie schließlich. Je schneller ich dieses Theater hinter mir habe, desto besser, dachte Linn.

„Kann ich nicht“, schoss es sofort aus Evelyn heraus.

Frau Blume seufzte. „Wie wäre es dann mit morgen Nachmittag? Könnt ihr da beide?“

Linn schaute Evelyn an. Dann nickten sie beide langsam. Linn entfloh dabei ein leises „Hicks“.

„Na also. Dann wünsche ich euch morgen Nachmittag viel Spaß beim gemeinsamen Einräumen. Und denkt an den Waffenstillstand! Das ist ein Befehl!“, erinnerte sie Frau Blume, bevor sie mit wippenden Haaren zum Lehrertisch zurückging und ihre Sachen packte.

Waffenstillstand, dachte Linn, während sie vor der Schule auf Senta wartete. Na gut, sie würde Evelyn einfach ignorieren. Das war sowieso das Beste, was man mit so einer Lacktrulla machen konnte. So zu tun, als ob die Luft wäre. Morgen Nachmittag würden sie sich eine halbe Stunde lang anschweigen und dann würde Linn sie wieder aus ihrem Zimmer schmeißen. Was hatte diese Ziege überhaupt bei ihr verloren? Je länger Linn darüber nachdachte, desto mehr ging ihr Frau Blume mit ihrem blöden Empathie-Projekt dicke gegen den Strich.

Endlich erschien Senta in der Haupttür. Sie war Linn den

restlichen Schultag aus dem Weg gegangen. Aber zumindest lief sie nicht mehr mit Tina, Lina und Evelyn durch die Gegend. Linn musste mit Senta reden. Der Ärger mit Lacktrulla reichte ihr. Außerdem war Senta ihre einzige Freundin. Und eine Freundin, die brauchte Linn jetzt dringend.

„Hallo, Senta", rief Linn und ging auf Senta zu. Sie merkte, dass ihre Knie ein wenig weich waren.

Senta zögerte, blickte Linn fragend an und sagte kein Wort.

„Senta, du glaubst doch nicht etwa den Mist, den Evelyn über mich erzählt hat, oder?" In Linns Bauch begann sich etwas zu drehen. Was, wenn Senta wirklich nicht mehr mit ihr befreundet sein wollte?

Senta schwieg und blickte zu Boden.

„He, seh ich aus wie ein Psychopath? Du weißt doch, warum ich mit einem Papagei durch die Gegend laufe. Das ist Benno, du wolltest selbst mit ihm Gassi gehen." Wenn das jetzt nicht zieht, weiß ich auch nicht, dachte Linn und blickte gespannt auf Senta.

Die hob langsam den Kopf. Sie schaute Linn von oben bis unten an, als ob sie tatsächlich überlegen würde, ob so ein Psychopath aussah. „Ja, ich weiß, das mit dem Piratspielen ist Blödsinn", sagte sie schließlich.

„Na, also!", rief Linn. „Dann ist wieder alles in Ordnung?"

Senta zupfte an einem ihrer braunen Zöpfe. „Und was ist mit dem Klauen?"

Aha. Na klar, jemand, der klaute, war für Senta sicher ein Schwerstverbrecher, dachte Linn. Wahrscheinlich hatte

Evelyn Senta eingeredet, dass Linn ein schlechter Umgang für sie war.

„Auch völliger Blödsinn", sagte Linn schnell und erzählte Senta haargenau, was im Drogeriemarkt vorgefallen war.

Senta sah sie dabei ernst an. Doch am Ende erschien ein breites Grinsen auf ihrem Gesicht.

Linn fiel ein Stein vom Herzen. „Was ist? Hast du jetzt Lust, mit zu mir zu kommen?", fragte Linn. Bitte, bitte, sag Ja, flehte sie dazu still. „Wir können mit Benno Gassi gehen oder einfach in meinem Zimmer rumhängen."

Senta nickte und grinste über beide Wangen. „Los, gehen wir!"

Als Linn und Senta sich dem Haus der Krumbocks näherten, hörte man schon von Weitem ein merkwürdiges Quieken und Trällern. Senta blieb stehen und fasste Linn am Arm. „Linn, hörst du das auch? Was ist das?", flüsterte sie.

Linn stutzte. Plötzlich erklang wieder ein Quieken. Es hörte sich an, als ob ein Schwein kurz vor der Schlachtung um Gnade wimmerte. „Ach das", sagte sie. „Das ist meine Mutter."

„Deine Mutter?", fragte Senta und riss die Augen auf. „Ist sie …" Senta wurde rot. „Ich meine, ist sie denn krank?"

Linn zog die Stirn in Falten und schaute Senta an. Wahrscheinlich fürchtete sie, dass – auch wenn mit Linn alles in Ordnung war – ihre Mutter ein Psychopath war. „Nein, nein. Meine Mutter ist völlig normal", sagte Linn schnell. Na ja, völlig normal ist übertrieben, dachte Linn. „Sie singt nur ihre Arien", fügte sie hinzu.

„Oh“, sagte Senta.

Kaum hatten Linn und Senta das Haus betreten, schwebte Frau Krumbock in einem langen Blümchenkleid auch schon an ihnen vorbei. „Haaalllоооo, meine reizendeeeen Daaamen“, sang sie.

„Mama, das ist Senta. Sie isst heute bei uns und dann gehen wir mit Benno Gassi.“

Frau Krumbock hielt in ihrer Schwebebewegung inne. „Hallo, Senta! Was für ein schöner Name!“, sagte sie und schüttelte Senta die Hand.

Oh nein! Fing das schon wieder an! Senta ist kein schöner Name, verdammt noch mal. Warum erzählen Leute immer so einen Blödsinn, wenn sie einander vorgestellt werden?, dachte Linn.

„Also, Kinder. Das Essen ist schon auf dem Tisch und Oma Betty auch. Das heißt, sie wartet auf euch. Senta, du bekommst Leos Portion. Er hat angerufen, dass er heute erst später aus der Schule kommt.“

„Isst du denn nicht mit?“, fragte Linn.

„Ich muss gleich los, bin quasi schon weg. Ich gründe einen Hausfrauenchor. Und –“ Frau Krumbock schaute auf ihre Uhr. „Genau jetzt fängt die erste Sitzung an!“ Linns Mutter warf sich einen Seidenschal um den Hals und schwebte zur Tür. „Bis heute Abend! Viel Spaß, ihr zwei!“, rief oder vielmehr sang sie ihnen zu.

Senta starrte auf die Tür, durch die Frau Krumbock eben das Haus verlassen hatte.

„Komm, ich hab Hunger", sagte Linn und zog Senta in die Küche.

„Da bist du ja endlich", knurrte Oma Betty, die schon mit der Gabel in der Hand vor ihrem Teller saß. „Und wer ist das?", fragte sie und zeigte mit der Gabel auf Senta, als wolle sie sie aufspießen.

„Hallo, ich bin Senta", piepste die und wollte Oma Krumbock die Hand reichen.

Die zeigte aber nur mit der Gabel auf einen Stuhl und kommandierte: „Hinsetzen und essen!"

Während Linn und Oma Betty den Curryreis in sich reinschaufelten, warf Senta Oma Betty immer wieder Blicke zu. Vielleicht lag es an Oma Bettys neuem Outfit. Oma Betty war nämlich immer todschick, auch zu Hause. Sie meinte, man könne nie wissen, wer eines Tages vor der Tür stehen würde. Und außerdem hätte eine Frau immer auf ihr Äußeres zu achten.

Heute trug sie ein mokkabraunes Kleid mit weißen Bommeln am Kragen. Sie waren riesig und sahen aus wie Christbaumschmuck. Darüber hing Oma Bettys Lieblingskette. Sie bestand aus großen, türkisfarbenen Steinen. Oma Betty hatte sie zweimal um den Hals gewickelt, aber sie war immer noch so lang, dass Linn bei jedem Bissen Angst hatte, sie könnte in den Curryreis baumeln. Angeblich hatte Oma Betty die Kette in ihrer Jugend von einem englischen Matrosen geschenkt bekommen. Aber Papa hatte gemeint, sie hätte sie auf dem Jahrmarkt an einer Schießbude gewonnen. Das Schickste an Oma Betty war heute ihr Kopfschmuck: Sie hatte sich einen Haarreif mit einer apfelgroßen türkisfarbenen Blüte ins Haar gesteckt. Sobald Oma Betty den Kopf bewegte, wackelte die Blüte auf und ab.

„Also“, sagte Oma Betty, nachdem sie das letzte Reiskorn vom Teller gefischt hatte. „Du bist Senta.“

Bitte, Oma Betty, sag jetzt nicht auch noch, dass das ein schöner Name ist, betete Linn im Stillen.

„Wie kommt man denn zu so einem bekloppten Namen? Deine Eltern sind doch nicht etwa Senta-Berger-Fans?“, fragte Oma Betty.

Senta schüttelte den Kopf. „Nein. Das heißt, ich weiß nicht. Wer ist Senta Berger?“

Oma Betty seufzte. „Na ja, macht nichts. Ist vielleicht besser, wenn du es nicht weißt.“ Oma Betty stand auf. „Ich ziehe mich kurz zurück. In einer halben Stunde kommt *Dr. Gomez*, da muss ich fit sein“, sagte sie und zwinkerte Linn zu, bevor sie mit wippender Blume aus der Küche ging.

Nachdem Linn und Senta abgeräumt hatten, gingen sie in Linns Zimmer.

„Ist das schön!“, rief Senta, als sie Linns Zimmer betrat. „Hast du das selbst gemalt?“, fragte sie und deutete auf das Wandbild mit der Unterwasserwelt.

Linn nickte. „Ja, ist aber noch nicht fertig.“

Senta ließ ihren Blick durch Linns Zimmer schweifen und fand immer wieder etwas Neues, was ihre Begeisterung hervorrief.

Wie das wohl morgen mit Evelyn wird?, überlegte Linn. Ob ihr das Wandbild auch gefällt? Oder würde sie sich nur über

Linn lustig machen? Und wenn schon, es konnte Linn ja egal sein. Aber den Hängestuhl fand Evelyn bestimmt cool.

„Linn?"

„Was?" Linn war so in Gedanken versunken, dass sie Senta ganz vergessen hatte.

„Was ist los? Machst du dir Sorgen wegen deiner Oma?", fragte Senta und setzte sich neben Linn aufs Bett.

„Wieso? Was ist denn mit meiner Oma?", fragte Linn.

„Na ja, weil heute doch dieser spanische Arzt zu ihr kommt", sagte Senta.

Linn kicherte. „Meinst du *Dr. Gomez*? Das ist doch bloß eine Fernsehserie. Oma Betty hat noch keine Folge davon verpasst."

„Ach so!", sagte Senta. „Aber was ist dann los? Irgendwas stimmt nicht mit dir. Ich kann so was spüren, bei Menschen und bei Tieren, weißt du", erklärte Senta und schaute Linn ernst an.

Linn seufzte. „Ach, es ist nur wegen dieser blöden Lacktrulla. Ich meine, wegen Evelyn."

„Ja, das war echt fies, was sie heute über dich erzählt hat", gab Senta zu. „Und ich hätte es auch fast geglaubt", murmelte sie dann. „Aber dein Aufsatz war klasse. Evi-Mausi und Super-Blondi", kicherte Senta.

„Ja, aber die Blume hat mich dazu gezwungen, Evelyn zu mir nach Hause einzuladen. Morgen Nachmittag kommt sie. Kannst du dir das vorstellen? Evelyn – hier in MEINEM Zimmer! Ich nicht!", sagte Linn.

Senta schien zu überlegen. „Das ist natürlich der Hammer.

Aber … so schlimm ist Evelyn nun auch wieder nicht", meinte sie.

„WAS?", schrie Linn auf. „Sie ist die blödeste, eingebildetste, hohlste Tussi, die mir jemals begegnet ist!"

„Ja, okay. Aber sie war nicht immer so. Ich … ich war mal mit ihr befreundet. Im Kindergarten und auch noch in den ersten Schulklassen."

„Du? Du und Evelyn? Ihr wart Freundinnen?", fragte Linn.

Senta nickte. „Ja, sogar richtig gute. Glaub ich zumindest. Aber dann … na ja, irgendwie wollte Evelyn nichts mehr mit mir zu tun haben. Ich war ihr wohl zu langweilig. Sie meinte, ich würde mich nur für meine Tiere interessieren. Dabei stimmt das gar nicht, ich höre zum Beispiel auch total gerne Musik", sagte Senta.

„Ja und, was ist dann passiert?", fragte Linn. Sie hatte jetzt keinen Nerv, Senta nach ihrer Musik auszufragen. Außerdem fürchtete sie Schlimmes.

„Nichts. Evelyn hat dann Tina und Lina gefunden und mich ignoriert. Und ich hab mich um meine eigenen Sachen gekümmert. Weißt du, ich finde, wenn es ihr peinlich ist, mit mir befreundet zu sein, dann verdient sie meine Freundschaft nicht."

Darüber musste Linn erst mal kurz nachdenken. Senta hatte recht. Aber Linn hätte nie so cool reagieren können. Sie hätte sicher einen Riesenstreit vom Zaun gebrochen. „Aber man kann doch Freundschaften nicht einfach so beenden. Ich meine, Menschen sind doch keine T-Shirts, die man in die

Kleiderspende gibt, wenn sie einem nicht mehr gefallen, oder?", überlegte Linn laut.

„Ja, ich sag ja auch nicht, dass ich es okay finde, was Evelyn damals gemacht hat. Aber was hätte es gebracht, mich mit ihr anzulegen oder um ihre Freundschaft zu betteln? Ich hätte mich ja nur lächerlich gemacht. Außerdem weiß ich gar nicht, ob ich jetzt noch mit ihr befreundet sein will. Seit ihre Brüste wachsen, hat die doch voll einen an der Klatsche", sagte Senta und wurde ein wenig rot.

Linn musste kichern. „Genau, voll einen an der Klatsche! Hormonklatsche."

Jetzt fing auch Senta an zu kichern.

„Komm, wir gehen mit Benno Gassi", sagte Linn und zog Senta vom Bett hoch.

Als sie an Leos Zimmer vorbeikamen, hörten sie dumpfe Bassklänge, die von einer jaulenden E-Gitarre unterbrochen wurden. Aha, das Bruderherz war also wieder zu Hause.

„Was ist denn das für coole Musik?", fragte Senta und wippte mit einem Fuß im Rhythmus.

Linn schaute sie von der Seite an. Coole Musik? Musik? Das konnte ja wohl nicht ihr Ernst sein! „Los, ich glaub, du musst ganz dringend an die frische Luft", sagte Linn und zog Senta nach draußen.

Kapitel 5

Tagebuch von Linn Krumbock

24. August, Mittwoch, 14:27 Uhr
Schluckauf: bis jetzt keinen, dafür gestern 3 x
Bubble verschwunden

Heute kommt sie. Um genau zu sein: in einer Stunde. Ich kann es noch immer nicht glauben. Lacktrulla wird in einer Stunde in meinem Zimmer sitzen!

Bubble muss so was schon geahnt haben. Tiere sind da ja viel feinfühliger, sagt zumindest Senta. Er ist verschwunden. Seit heute Morgen habe ich ihn nicht mehr gesehen. Nach der Schule habe ich in jeder Ecke des Aquariums nach ihm gesucht. Aber wohin kann ein kleiner Sumatrabarbe schon verschwunden sein? Er wird wohl kaum durch die Stadt spazieren, um Fischfutter einzukaufen. Er muss irgendwo in seinem Aquarium sein. Wahrscheinlich versteckt er sich unter der halben Kokosnussschale, bis die Gefahr vorbei ist. Das würde ich am liebsten auch machen.

In der Schule habe ich Evelyn heute eiskalt ignoriert. Na gut, sie mich auch. Das ist der Waffenstillstand, den Frau Blume uns verordnet hat. Funktioniert prima, nur leider werde ich Lacktrulla nicht ignorieren können, wenn sie in meinem Zimmer sitzt.

Vielleicht sollte ich mir von Leo eine CD ausborgen und die Anlage volle Kanne aufdrehen. Dann muss ich mich wenigstens nicht mit ihr unterhalten. Aber ich glaube, bei Leos Musik fallen selbst mir die Ohren ab. Dieses Höllengejaule erträgt keiner. Bis auf Senta. Als wir gestern vom Gassigehen mit Benno wieder nach Hause kamen, blieb sie echt vor Leos Zimmer stehen und legte ein Ohr an die Tür, um die „coole Musik" besser hören zu können. Genau in dem Moment riss Leo die Tür auf und Senta flog direkt in seine Arme, auf denen er einen Berg mit seiner bis zum Mond stinkenden dreckigen Unterwäsche trug. Bäh! Senta bekam einen knallroten Kopf und Leo versteckte sein Gesicht hinter einer schwarzen Shorts, die er schnell vom Boden aufgehoben hatte. Mann, war das peinlich!

Wenn Senta schon bei Leo einen roten Kopf bekommt, was wird sie dann erst machen, wenn sie Carlos sieht? Ich hab ihm gestern einen langen Brief geschrieben. Und seine Postkarte habe ich neben das Foto von uns gehängt. Gleich über mein Bett. Oh Mann, noch zwei lange Monate, bis er wieder da ist. Hoffentlich vergisst er mich nicht. Und hoffentlich bringt er mir was Schönes mit.

Jetzt ist es schon kurz vor drei. Nur noch eine halbe Stunde. Ob ich für die blöde Lacktrulla mein Zimmer aufräumen sollte? Quatsch. Soll sie doch denken, was sie will. Wäre sowieso am besten, wenn sie gleich wieder abhauen würde. Vielleicht kommt sie gar nicht. Vielleicht muss sie dringend nach London, neue Lackschuhe kaufen. Oder mit ihrer Mami zur Farbberatung. Wir könnten für unsere Aufsätze ja einfach so tun, als ob wir uns kennengelernt und besucht hätten. Aber das würde die Blume bestimmt merken, die hat uns sowieso schon auf dem Kieker. Und laut Moritz soll man es sich mit ihr ja nicht verscherzen.

Als es klingelte, sprang Linn aus ihrem Hängemattenstuhl und hechtete die Treppe hinunter. Kurz vor der letzten Stufe hielt sie inne. Zum einen fiel ihr ein, dass sie sich ja gar nicht darauf freute, Evelyn die Tür zu öffnen, zum anderen sah sie, dass Oma Betty schneller gewesen war. Wieso saß sie denn nicht vor ihrem Fernseher? Hatte sie gedacht, dass Dr. Gomez persönlich vor der Tür stand?

„Hallo. Wer bist du? Zu wem willst du?“, krächzte Oma Betty. Heute trug sie ein rot-weiß gestreiftes Kostüm und passend dazu ihre rot-weiß gestreiften Hausschuhe mit den roten Bommeln. Am Kragen des Oberteils steckte eine große rote Plastikrose. An Oma Bettys Ohren baumelten kleine rote Figuren, die wie Gummibärchen aussahen. In ihren grauen Locken hatte sie rote und weiße Haarspangen verteilt, die im Sonnenlicht glitzerten.

„Ähm … Guten Tag“, stammelte Evelyn und bemühte sich, Oma Betty nicht anzustarren. „Ich heiße Evelyn und ich will zu Linn.“

„Evelyn?“, wiederholte Oma Betty und beäugte die Besucherin. Plötzlich schien ihr etwas einzufallen. „Lacktrulla!“, rief Oma Betty triumphierend, schmiss die Tür zu und rief ein „Und tschüss!“ hinterher.

Oma Betty drehte sich zu Linn um, die wie erstarrt auf der untersten Treppenstufe stand. „So, das hätten wir erledigt“, sagte Oma Betty und rieb sich die Hände.

Linn stürmte an Oma Betty vorbei und riss die Tür wieder auf. Evelyn stand noch immer mit offenem Mund davor und sah aus, als ob ihr jemand eine Ohrfeige verpasst hätte.

„Hallo, Evelyn“, sagte Linn. „Komm doch rein.“

Evelyn streckte zögernd erst ihren Kopf und dann einen Fuß über die Türschwelle. Als sie Oma Betty erblickte, zuckte sie zurück.

„Meine Oma hast du ja schon kennengelernt“, sagte Linn und winkte Evelyn die Treppe hoch.

Evelyn nickte und starrte Oma Betty an.

„Ach. Seid ihr zwei jetzt etwa Busenfreundinnen?“, fragte Oma Betty.

„NEIN!“, kam es wie aus einem Mund von Linn und Evelyn.

Oma Betty runzelte die Stirn. „Das ist mir zu kompliziert. Linn, wenn du Hilfe brauchst, rufst du mich“, sagte sie und verschwand im Wohnzimmer.

Linn und Evelyn stapften schweigend die Treppe zu Linns Zimmer hoch.

Dort stellte Linn sich ans Fenster und verschränkte die Arme. Evelyn holte einen Block und einen Stift aus ihrer Tasche und schaute sich suchend im Zimmer um. „Wo kann ich mich hinsetzen?“, fragte sie.

Linn deutete mit dem Kopf auf ihr Bett.

„Okay“, sagte Evelyn, setzte sich und warf schwungvoll ihre blonden Haare über die Schulter. „Ich hab keinen Bock, meinen ganzen freien Nachmittag mit dir zu verschwenden. Also bringen wir das Ganze am besten schnell hinter uns. Wir machen einfach eine Art Interview. Ich frage dich was und du antwortest. Kapiert?“

Was denn, hält die sich für Miss Oberschlau?, dachte Linn.

„Du fragst und ich antworte. Hm, lass mich mal überlegen … Ja, ich glaube, das verstehe ich“, sagte Linn, ohne eine Miene zu verziehen.

„Was für ein Sternzeichen bist du?“, begann Evelyn mit der ersten Frage.

Stöhn! Was ist denn das für eine bescheuerte Frage? Sternzeichen! Glaubte Lacktrulla etwa an den Quatsch? „Grashüpfer“, antwortete Linn.

Evelyn schaute genervt auf. „Sehr witzig.“ Sie kritzelte etwas auf ihr Blatt. „Ich tippe, du bist Steinbock. Starrköpfig, schnell aufbrausend und kriminell veranlagt.“

Linn schluckte. Sie war tatsächlich Steinbock. Aber auf keinen Fall starrköpfig oder schnell aufbrausend, und schon gar nicht kriminell veranlagt! „Was meinst du mi…“

„Okay, die nächste Frage. Was ist deine Lieblingsfarbe?“, fiel ihr Evelyn ins Wort.

„Gelb“, sagte Linn.

Evelyn zog die linke Augenbraue hoch. „Gelb war auch mal meine Lieblingsfarbe. Damals, im Kindergarten“, sagte sie und schrieb etwas auf ihren Block.

Diese verdammte blöde Ziege! „Tja, manche behalten einfach ihren guten Geschmack und wechseln nicht zu schweinchenrosa“, sagte Linn.

Evelyn ignorierte Linns Kommentar und stellte die nächste Frage. „Wer ist dein Schwarm?“, fragte Evelyn und schaute Linn an.

„Wie? Mein Schwarm?“, fragte Linn verwirrt.

Evelyn ließ den Stift aufs Papier fallen und verdrehte die Augen. „Na, dein SCHWARM. Jemand, für den du schwärmst. Irgendein Popstar oder Schauspieler … oder vielleicht ein Junge aus der Schule“, erklärte Evelyn und grinste blöd. Dann schaute sie Linn plötzlich mitleidig an. „Oh je. Sag bloß, du hast keinen Schwarm? Na ja, hätte ich mir ja denken können. Wahrscheinlich glaubst du auch noch an den Froschkönig und knutschst Kröten ab.“

Linn hielt sich am Fensterbrett fest und atmete tief durch. Jetzt reichte es! Das war eindeutig zu viel. Bis jetzt hatte Linn sich zusammengerissen. Sie fand sogar, sie war richtig nett zu Evelyn. Na ja, zumindest ein bisschen. Immerhin hatte sie ihre blöden Fragen beantwortet. In Linns Hirn braute sich etwas zusammen. „Du hast recht. Ich habe keinen Schwarm. Ein Schwarm ist nämlich nur was für alberne kleine Mädchen. ICH habe einen FREUND!“

Evelyn schaute Linn mit großen Augen an. „DU sollst einen Freund haben? Das kannst du vielleicht deiner durchgeknallten Oma erzählen, aber nicht mir. Wo ist er denn, der Traumprinz?“

„Wo soll er schon sein? Zu Hause, nehme ich an“, sagte Linn.

„Und wer ist es? Kenne ich den Glücklichen?“

Linns Hirn arbeitete auf Hochtouren. Oh Mist, da hatte sie ja was angefangen. Hätte sie sich ja denken können, dass so eine Bauchfrei-Barbie wie Evelyn total auf das Thema Jungs abfuhr. Jetzt würde sie nicht locker lassen, bis sie Linns „Freund“ zu Gesicht bekommen hatte. Das stand fest. Verdammt, warum konnte Linn nicht einmal richtig nachdenken, bevor sie sich was zusammenlog? Sie musste wirklich noch viel von Oma Betty lernen.

„Lass mich raten: Es ist dieser düstere blasse Typ, mit dem du immer von der Schule nach Hause gehst, stimmt's?"

„Was? Wer? Leo?", stotterte Linn.

„Aha. Leo heißt er also."

In dem Moment flog die Tür auf und Leo schlurfte wie auf Kommando ins Zimmer.

Linn überlegte drei Sekunden, was sie tun sollte, und warf dabei einen skeptischen Blick auf ihren Bruder. Egal, ich zieh das durch, sagte sie sich. Dann stürmte sie auf Leo zu, bevor der etwas sagen konnte, und umarmte ihn. „Leo, du musst jetzt einfach mitspielen. Du bist mein Freund, okay?", flüsterte Linn ihm ins Ohr.

„Was?", fragte Leo.

„Hallo, Schatz! Das ist ja eine Überraschung! Schön, dass du einfach so vorbeischaust", redete Linn auf Leo ein.

„Find ich auch schön", brummte Leo und entwand sich aus Linns Umarmung. Er schaute zu Evelyn, die die Szene mit großen Augen verfolgt hatte, und nickte ihr kurz zur Begrüßung zu. „Ähm, Linn, ich hab mir mal was ausgeborgt von dir", sagte Leo und holte aus seiner Tasche eine Plastiktüte mit Wasser hervor. Darin schwamm Bubble. Das Wasser war schon ganz trübe, wahrscheinlich weil Bubble vor Angst so viel gekackt hatte.

„Wie bitte?", fauchte Linn. „Was hast du mit Bubble gemacht?"

„Hab ich für Bio gebraucht. Wir sollten unsere Haustiere

mitbringen. Und Tarantula hab ich heut Morgen nicht gefunden."

Linn kochte innerlich. Sie war kurz davor, zu explodieren und ihren Bruder mit einem Tritt in den Hintern aus dem Zimmer zu befördern, als sie Evelyns Blick bemerkte.

Die lauert wahrscheinlich nur auf eine Beziehungskrise, dachte Linn. Aber da hat sie sich geirrt. Linn räusperte sich und legte wieder den Arm um Leo. „Leo-Schatz, das ist doch gar kein Problem. Mein Bubble ist auch dein Bubble. Allerdings ...", Linn rang sich ein Lächeln ab, „hättest du nicht auch Benno mitnehmen können?" Du Knalltüte, fügte sie im Stillen hinzu.

„Nö. Ging nicht. Hatten schon zwei andere Leute Papageien mit", erklärte Leo und warf einen verstörten Blick auf Linns Arm, der noch immer auf seiner Schulter lag.

„Halloooo", trällerte plötzlich die Stimme von Frau Krumbock durchs Haus. Sie steckte ihren Kopf in Linns Zimmer. „Ah. Da seid ihr ja alle. Kommt ihr zum Kaffeetrinken? Ich hab Kuchen mitgebracht."

„Mutti. Das ist Evelyn", sagte Linn. „Leo kennst du ja schon", fügte sie hinzu.

Frau Krumbock warf ihrer Tochter einen verwirrten Blick zu. „Hallo, Evelyn!", sagte sie dann. „Was ist? Kommt ihr in die Küche?"

„Ja, ja, wir kommen gleich", sagte Linn und nahm Leo die Plastiktüte mit Bubble aus der Hand. Frau Krumbock verschwand in die Küche und Linn setzte Bubble vorsichtig wieder in sein Aquarium.

„Hast du einen Schlüssel für Linns Wohnung?", hörte Linn Evelyn ihren Bruder fragen.

„Was? Klar hab ich einen Schlüssel", grummelte Leo.

„Meine Eltern sind da total locker", mischte sich Linn schnell ein. „Außerdem finden sie Leo richtig gut. Sie mögen ihn … wie ihren eigenen Sohn."

Als die drei in die Küche kamen, saß Oma Betty bereits am Tisch. Frau Krumbock schob den Kuchen auf kleine Teller. Evelyn hatte sich anscheinend doch entschlossen, länger zu bleiben – was ganz sicher etwas mit Linns „Freund" zu tun hatte.

„Lllecker Kuuuchen", trällerte Frau Krumbock und machte dabei mit dem Kuchen in der Hand eine merkwürdige Drehbewegung.

Bis auf Evelyn, die Frau Krumbock etwas ängstlich anstarrte, schenkte ihr keiner größere Beachtung. Die Familie war es gewohnt, dass die Mutter ständig sang und tanzte. Frau Krumbock hatte schon Kurse in Jazz Dance, Latin Dance und sogar Hip Hop besucht. Hip Hop war bis jetzt das Peinlichste gewesen: eine Frau Mitte vierzig, die ständig mit den Händen in der Luft rumfuchtelt, in den Knien wippt und „Uh", „Ah" und „Jo" ruft. Alle waren froh, dass diese Phase vorbei war.

Linn hatte sich zur Sicherheit zwischen Leo und Evelyn gesetzt. Nicht, dass Evelyn Leo noch über ihre „Beziehung" ausquetschen konnte. Obwohl man aus Leo ja prinzipiell kaum ein Wort herausbekam. Was in diesem Fall gut war.

„Gehst du in Linns Klasse?", fragte Frau Krumbock, während sie Evelyn ein Stück Kuchen hinstellte.

Evelyn nickte.

„Das ist ja schön, dass du Linn gleich besuchen kommst“, sagte Frau Krumbock und lächelte.

Evelyn hörte auf zu nicken und steckte sich schnell ein Stück Kuchen in den Mund.

„Wo bleibt mein Kaffee?“, krächzte Oma Betty.

Frau Krumbock goss Oma Betty Kaffee ein. „War heute schon jemand mit Benno Gassi?“, fragte sie.

Alle schüttelten den Kopf.

„Leo, könntest du das nicht machen? Oder ihr könntet doch alle drei zusammen mit Benno rausgehen“, schlug Frau Krumbock vor.

„Ich mag keine Hunde“, sagte Evelyn schnell.

„Das macht nichts. Benno auch nicht. Er ist ein Papagei“, sagte Oma Betty und schlürfte von ihrem Kaffee.

Evelyn zog die Augenbrauen hoch. „Trotzdem. Linn und Leo wollen doch sicher lieber alleine sein. Da will ich nicht stören.“

„Linn und Leo wollen alleine sein? Das ist ja das Neueste, was ich höre“, sagte Frau Krumbock. „Normalerweise sind die zwei doch …“

„Mama“, fuhr Linn ihrer Mutter ins Wort. „Gibt es noch mehr Kuchen?“

Frau Krumbock legte Linn ein weiteres Stück Kuchen auf den Teller.

„Wo wohnst du eigentlich?“, fragte Evelyn Leo.

„Na, hier“, sagte Leo.

Evelyn riss die Augen weit auf.

Linn versetzte Leo mit dem Ellenbogen einen Stoß in die Seite.

„Ähm, ich meine, hier in der Nähe“, fügte Leo hinzu.

„Auch im Ziegental?“, fragte Evelyn.

„Ja, genau“, sagte Leo.

Oma Betty und Frau Krumbock warfen sich ratlose Blicke zu.

„Wie schön. Dann habt ihr es ja nicht so weit zueinander. Seht ihr euch jeden Tag?“, fragte Evelyn.

Es war nicht zu fassen. Evelyn schien gar nicht genug zu bekommen von Linns Freund.

Wenn sie das alles so spannend findet, soll sie sich doch selbst einen anschaffen, dachte Linn.

Frau Krumbock schien die Welt nicht mehr zu verstehen. „Natürlich sehen sie sich jeden Tag. Leo schläft doch auch hier.“

„WAS? Leo schläft hier?“, schrie Evelyn auf.

„He, bleib cool. Ich lass auch immer meine Pyjamahose an“, sagte Leo und warf Linn einen verschwörerischen Blick zu.

Linn verdrehte die Augen. Das war zu viel.

Frau Krumbock schnappte nach Luft. Das hätte Oma Betty auch machen sollen. Aber sie fing plötzlich wie irre zu kichern an und prustete dann los – mit einer ganzen Ladung Kaffee und Kuchen im Mund, die genau gegenüber auf Evelyns rosa T-Shirt landete!

Evelyn schrie zum zweiten Mal und sprang auf. „Mein neues T-Shirt! Au! Ist das heiß!“

Oma starrte Evelyn an und begann erneut zu kichern.

Linn konnte sich ein Grinsen nicht verkneifen. Sie zwinkerte ihrer Oma zu.

Frau Krumbock stürmte auf Evelyn zu. „Kind! Das musst du sofort ausziehen. Du verbrennst dir ja noch die ganze Haut! Komm, ich zeig dir das Bad. Da kannst du dich umziehen." Frau Krumbock musterte Evelyn. „Am besten, ich gebe dir eins von meinen T-Shirts zum Wechseln."

Evelyn verschwand mit Frau Krumbock im Bad.

„Ich weiß ja nicht genau, was ihr zwei hier spielt. Aber das gefällt mir gut. Sehr gut", sagte Oma Betty zu Leo und Linn. „Das ist wie in *Meine eiskalte Schwester.* Da haben Schwester und Bruder eine Wette laufen. Die Schwester ist natürlich völlig durchgeknallt, aber der Bruder ist auch nicht von schlechten Eltern …"

„Wahrscheinlich von denselben Eltern", meinte Leo.

„Pst! Sie kommen", sagte Linn.

Evelyn blieb in der Tür stehen. Sie sah jetzt richtig schüchtern aus. Frau Krumbock hatte ihr eins ihrer großen weißen Vereins-T-Shirts gegeben. Darauf stand in lila Schrift: *Auf die Dauer hilft nur Frauenpower.* Schick.

„Ich geh dann lieber mal", sagte Evelyn. „Danke für das T-Shirt, Frau Krumbock."

„Kein Problem, gib es Linn in der Schule oder komm doch einfach mal wieder vorbei. Es war nett, dich kennengelernt zu haben."

Oma Betty kicherte schon wieder. Evelyn warf ihr einen verwirrten Blick zu.

„Na dann, tschüss! Viel Spaß noch, ihr zwei", sagte Evelyn mit einem Blick auf Leo und Linn.

„Tschüüüss", antworteten Leo, Linn und Oma Betty im Chor.

Die nächsten zwei Tage in der Schule waren der Horror für Linn. Nicht wegen Evelyn. Das heißt, irgendwie war sie schon schuld daran. Daran, dass Linn so tun musste, als wäre Leo ihr Freund. Gott sei Dank war morgen Samstag. Linn wollte dieses Händchenhalten-Theater keinen weiteren Tag mehr mitmachen.

Am Wochenende mach ich Schluss mit Leo, überlegte sie, während sie auf das Klingelzeichen der letzten Stunde wartete.

Evelyn hatte allen in der Klasse, die es wissen wollten oder auch nicht, von Linns Freund erzählt. Linn konnte Senta gerade noch rechtzeitig über die Geschichte mit Leo aufklären. Komisch war, dass die anderen zwar immer noch Abstand von Linn hielten, aber irgendwie freundlicher waren. Vor allem, wenn Evelyn nicht in der Nähe war. Oder bildete Linn sich das nur ein? Das Komischste aber war, dass Linn jetzt vereinzelt Sternchenmuster entdeckte – ob als Haarspange, Sockenmuster oder Anhänger. Sogar Tina hatte heute einen Sternchenring an. Dachten die vielleicht, dass man mit Sternchen schneller einen Freund bekommen würde? Wie bei den Sternschnuppen: Wünsch dir was! Aber wer wollte denn überhaupt einen Freund? Und dann auch noch so einen wie Leo?

Ein Freund war einfach nur lästig. Die Kostprobe mit Leo reichte Linn vollkommen aus. Zum Glück sah Linn Leo in der

Schule nur selten. Auf dem Schulhof verzog sich Leo meistens und hörte in einer dunklen Ecke seine Krachmusik. Linn war das nur recht. Es war schon peinlich genug, mit ihm vor und nach der Schule Hand in Hand zu gehen. Es war nicht nur peinlich, sondern auch teuer. Leo verlangte 20 Prozent von Linns Taschengeld für solche Aktionen. Der hatte echt noch nichts von Geschwisterliebe gehört. Carlos hätte das garantiert umsonst getan. Außerdem wäre Linn liebend gern mit Carlos Hand in Hand gegangen. Da hätte Evelyn Augen gemacht! Bei dem Gedanken musste Linn grinsen.

Endlich. Es klingelte. Linn nahm ihre Sachen und stürmte mit Senta im Schlepptau aus dem Schulgebäude.

„He, warum hast du es denn so eilig?“, rief Senta und blieb stehen. „Ich muss noch auf Moritz warten. Du weißt schon, wir müssen was ausmachen wegen dem Empathie-Projekt.“

„Okay. Dann warten wir vor der Schule auf ihn.“ Linn hatte keinen Bock auf eine weitere Bussi-Freund-Szene mit Leo. Wenn sie Glück hatte, blieb ihr diese Show heute erspart. Leo brauchte immer eine Weile, bis er den Ausgang des Schulgebäudes fand. Bis dahin waren Evelyn und ihre Schweinchenklone sicher schon nach Hause gegangen.

Linn und Senta warteten vor dem Schultor auf Moritz. Während Senta ihr etwas über die artgerechte Haltung von Pinguinen erzählte, behielt Linn den Haupteingang im Auge.

Na klar, wie sollte es anders sein. Gerade kamen Evelyn und ihre beiden Klone schwatzend aus der Tür und steuerten auf das Schultor zu.

„Na, Linn, schon was Romantisches vor am Wochenende?“, fragte Evelyn und grinste Tina und Lina zu.

Senta unterbrach ihren Monolog über die Pinguine und schaute gespannt von Evelyn zu Linn.

„Ach, weißt du, mein Schatz überrascht mich immer gerne“, entgegnete Linn.

In dem Moment fiel ihr jemand von hinten um den Hals und drückte ihr einen feuchten Kuss auf die Wange. Bäh! Was soll denn das?

„Das macht zwei Euro extra“, flüsterte Leo seiner Schwester ins Ohr und lächelte sie an.

Senta wandte schnell den Blick von Leo und Linn ab und bekam einen roten Kopf.

„Ui“, quiekte Tina.

Wieso taucht Leo denn jetzt schon hier auf?, wunderte sich Linn. Wahrscheinlich spart er für irgendein neues Krachalbum und will auf meine Kosten seine Einnahmen erhöhen. Echt nett von ihm. Er soll bloß nicht auf die Idee kommen, hier wäre noch mehr zu holen. Keine Minute länger mach ich mit ihm einen auf Schatzi-Hasi.

Linn wischte sich mit der Hand über die Wange und zwang sich zu einem Lächeln. „Okay, lass uns gehen“, sagte sie zu Leo. Dann drehte sie sich zu Senta um, hinter der plötzlich Moritz aufgetaucht war. Der starrte Linn mit offenem Mund an. Mit seiner Zahnlücke sah das irgendwie richtig süß aus, fand Linn.

Leo legte einen Arm um Linn und riss sie damit aus ihren Gedanken.

„Senta, wir telefonieren“, sagte Linn und wandte sich zum Gehen, wobei sie unauffällig versuchte, Leos Arm wieder loszuwerden.

„Und wir sehen uns“, sagte Evelyn, die die Szene voller Interesse beobachtet hatte.

Linn nickte. Das hätte sie am liebsten vergessen. Morgen musste sie Evelyn besuchen. Hausaufgaben am Wochenende. So etwas sollte verboten werden. Erwachsene müssen schließlich auch nicht am Wochenende arbeiten. Na gut, kann sein, dass Frau Blume, die ihr die ganze Geschichte überhaupt erst eingebrockt hatte, am Wochenende arbeitete. War ja ihre eigene Schuld. Sie musste ja nicht ständig irgendwelche Aufsätze aufgeben, die sie dann korrigieren musste. Stattdessen könnte sie tolle Sachen machen, zum Beispiel mal zum Frisör gehen.

Linn versuchte sich einzureden, dass es schlimmere Hausaufgaben gab, als Evelyn Augsblatt zu besuchen. Aber ihr wollte nichts Schlimmeres einfallen. Es war die absolute und perfekte Verschwendung eines Nachmittags. Über was sollte sie denn mit diesem blonden Hohlkörper reden? Die neueste Dinkel-Döner-Diät? Wie klimpern meine Wimpern am besten? Süße Boys und wie man sie sich angelt? Linn musste grinsen. Da war sie natürlich Expertin. Überhaupt – sie war Lacktrulla überlegen. Jawohl. Sie würden den Nachmittag ganz lässig rumkriegen. Ein paar alberne Fragen, ein paar dumme Antworten, und schon konnte sie wieder gehen. Und wer weiß – vielleicht gab es auch irgendwas Interessantes zu entdecken bei Evelyn. Linn konnte sich allerdings nicht vorstellen, was das sein sollte.

Kapitel 6

Evelyn wohnte genau wie Senta mitten in der Stadt. Und zwar in einem dieser grässlich bunten Häuser, die sie rund um den Marktplatz neu gebaut hatten.

Linn stand vor dem Haus und schaute auf ihre Uhr. Halb drei. Perfekt. Sie drückte auf die Klingel mit dem Namensschild „Augsblatt". Der Summer ertönte und Linn drückte die Glastür auf. Das ganze Haus roch neu. Alles war supersauber.

Sie fuhr mit dem Fahrstuhl in die oberste Etage. Dort waren die Wohnungen mit Dachgarten. Auf einem goldenen Schild an der Tür stand „Augsblatt". Linn klingelte.

Evelyn riss sofort die Tür auf. „Komm rein", sagte sie.

Linn folgte ihr ohne ein Wort. Die Wohnung schien riesengroß zu sein. Auf dem Weg zu Evelyns Zimmer bogen sie mindestens dreimal um Ecken und gingen an fünf verschiedenen Zimmern vorbei. Falls Linn spontan fliehen wollte, hätte sie ein Problem.

Irgendetwas war komisch an dieser Wohnung. Zum einen war es merkwürdig still. Ganz anders als bei Linn zu Hause, wo Oma Betty den Fernseher immer laufen hatte, Leo seine Musik hörte, Papa an seinen Skulpturen schnitzte und Mama durchs Haus trällerte. Und zum anderen sah es hier gar nicht aus wie in einer richtigen Wohnung, sondern wie ... wie in einem Möbelhaus. Alles wirkte so aufgeräumt und steril. Als ob niemand hier wirklich wohnen würde.

„Das ist mein Zimmer. Setz dich", sagte Evelyn und blieb selbst in der Tür stehen.

Linn setzte sich auf einen Hocker, der mit weißem Fell bezogen war. Sah aus, als ob Evelyn dafür einen Eisbären geschlachtet hatte.

„Willst du was trinken? Wasser? Cola light?"

„'ne Cola wäre gut", sagte Linn.

„Wir haben nur Cola light, okay?", sagte Evelyn.

Linn nickte und Evelyn verschwand.

Evelyn ist heute merkwürdig nett, dachte Linn. Geradezu verdächtig. Ist sicherlich alles nur Tarnung.

Linn schaute sich im Zimmer um. Alle Wände bis auf eine waren weiß. Die eine Wand war rosa. Passend dazu hingen Gardinen mit dezenten rosa Streifen an den Fenstern. Linn hasste Gardinen. In den Regalen standen jede Menge Bücher, ein paar CDs und Kerzen. Auf dem Schreibtisch stand ein Flachbildschirm mit Tastatur. Sonst nichts. Linn wischte über die Schreibtischplatte. Kein Krümel Staub. Das einzige Bild an der Wand war ein vergrößertes Foto von einem Kornfeld, in dem Klatschmohn blühte. Es musste kurz vor einem Gewitter aufgenommen worden sein, denn der Himmel war dunkelblau. Sonst gab es in dem Zimmer keine weiteren Fotos oder Bilder.

Es war überhaupt nichts Persönliches zu finden. Hier hätte jeder und keiner wohnen können.

Hatte Evelyn extra für Linn aufgeräumt? Linn schaute unter das Bett. Nichts. Dann bemerkte sie eine Wölbung in der Bettdecke. Vorsichtig hob Linn die Decke hoch. Ein großer Plüschhase und eine kleine Puppe in einem grauen Kleid starrten Linn an. Beide sahen aus, als ob sie schon ziemlich oft in ihrem Leben gedrückt worden waren.

Sieh an, Miss Augsblatt, von wegen Kindergarten, dachte Linn. Aber was war an Plüschtieren Kindergarten? Linn hatte selbst einen kleinen Teddy in ihrem Bett liegen. Er schien mit Linn zusammen zur Welt gekommen zu sein. Zumindest konnte sich Linn nicht mehr an eine Zeit ohne den Teddy erinnern. Linn versuchte sich Evelyn mit dem Plüschhasen und der kleinen Puppe vorzustellen. Kuschelte Evelyn mit ihnen? Redete sie mit den beiden? Irgendwie passte das gar nicht zu ihr.

Plötzlich hörte Linn Stimmen auf dem Flur. Schnell zog sie wieder die Decke über den Hasen und die Puppe.

„Nimm doch ein Tablett!"

„Mama, ich brauch für zwei Gläser kein Tablett."

„Du kleckerst nur den neuen Teppich voll."

„Wir können ja auf die Dachterrasse gehen."

„Kommt nicht in Frage. Ich will in Ruhe die letzten Sonnenstrahlen genießen. Dir würde ein bisschen mehr Farbe übrigens auch gut tun. Du siehst schon wieder schrecklich blass aus. Nächste Woche kommst du mit ins Solarium."

„Mama, du weißt doch, dass ich Solarium hasse. Außerdem ist das gar nicht gesund."

„Nicht gesund! Natürlich ist es gesund. Man entspannt und sieht danach gut aus. Du solltest wirklich mehr auf dein Äußeres achten. Du weißt doch, das ist das Kapital der Frau."

Linn zog die Augenbrauen hoch. Wie ist die denn drauf?, dachte sie. Evelyn kann einem ja fast leidtun. Die muss sich so was sicher jeden Tag anhören.

Die Tür ging auf und Evelyn kam mit zwei Gläsern auf einem Tablett ins Zimmer. Vorsichtig stellte sie das Tablett auf den Schreibtisch und setzte sich auf den Drehstuhl davor. Dann blickte sie auf Linn, die auf dem kleinen Hocker saß, herab.

„Na los, fang schon an, stell deine Fragen", sagte Evelyn.

Linn räusperte sich. Eigentlich hatte sie sich gar keine Fragen überlegt. Und einen Block zum Schreiben hatte sie auch nicht dabei. Aber gute Fragen fielen Linn eigentlich immer ein. Zumindest waren ihre Eltern der Meinung. „Okay. Hier kommt die erste Frage. Wenn du drei Tage allein in einen Raum eingesperrt werden sollst und du kannst drei Dinge mitnehmen, welche wären das?"

Evelyn verzog das Gesicht. „Was ist denn das für eine bescheuerte Frage? Ist das irgendein Spiel aus dem Kindergarten?"

Linn schaute Evelyn ohne eine Miene zu verziehen ins Gesicht. „Also. Was sind die drei Dinge, die du mitnimmst?"

Evelyn verdrehte die Augen. „Na gut. Also, ich würde meinen Fernseher mitnehmen, mein Handy und …", Evelyns Blick wanderte zur Wölbung unter der Bettdecke. Sie schien zu zögern. „Und … mein Kosmetiktäschchen."

„Dein Kosmetiktäschchen? Wozu denn das bitte? Dich sieht doch sowieso keiner in dem Raum", sagte Linn.

„Du verstehst das nicht", sagte Evelyn und warf ihre langen Haare über die Schulter. „Was ist die nächste Frage?"

Linn nahm einen Schluck von ihrer Cola. Ist Evelyn wirklich so hohl oder tut sie nur so?, überlegte sie. Ein Kosmetiktäschchen – so was besitze ich noch nicht mal. Wozu auch? Vielleicht musste Evelyn böse Mitesser bekämpfen? Linn warf einen prüfenden Blick auf Evelyns Gesicht.

„Was ist? Hab ich irgendwas im Gesicht?", fragte Evelyn und fuhr sich mit der Hand über die Nase.

Linn schüttelte schnell den Kopf. „Nein. Alles perfekt." Linn stellte das Colaglas ab und überlegte sich die nächste Frage. „Wenn du dir aussuchen könntest, wie alt du bist, wie alt würdest du dann gerne sein – jünger, genauso alt wie jetzt oder älter?"

„Älter", schoss es aus Evelyn heraus.

„Warum?"

Evelyn machte ein Gesicht, als ob Linn ein kleines Kind wäre, dem man alles erklären muss. „Wenn man älter ist, kann man machen, was man will. Man kann so lange aufbleiben und fortgehen, wie man will. Man hat seine eigene Wohnung. Man kann reisen, wohin man will. Man kann sein Geld ausgeben, für was man will. Man kann … eben alles selbst entscheiden."

„Und jetzt kannst du nichts selbst entscheiden?", fragte Linn erstaunt.

„Nein … ich meine, doch. Schon“, sagte Evelyn und nahm einen Schluck Cola. „Stell einfach die nächste Frage.“

Linn runzelte die Stirn. „Okay. Was würdest du lieber haben: eine richtig gute Freundin oder viele falsche Freundinnen?“

„Eine richtig gute natürlich“, sagte Evelyn.

„Und warum hast du sie dann nicht?“

„Was soll das heißen? Natürlich habe ich richtig gute Freundinnen.“

„Meinst du etwa deine Schweinchenklone Tina und Lina? Das sind doch keine Freundinnen, höchstens Sklaven. Eine richtig gute Freundin sagt einem auch mal die Meinung.“

Evelyn stutzte. Dann schoss es aus ihr heraus. „Du hast überhaupt keine Ahnung! Was gehen dich meine Freundinnen an? Nur weil du einen Freund hast, musst du dich hier noch lange nicht so aufspielen!“

Oha! Linn schien einen wunden Punkt getroffen zu haben. Sie selbst würde es auf jeden Fall gewaltig nerven, wenn ihre Freundinnen ihr alles nachmachen und sie vergöttern würden. Außerdem schien es Evelyn wirklich zu ärgern, dass gerade Linn schon einen Freund hatte und sie nicht. Evelyn hatte ja keine Ahnung, dass Linn weder einen Freund noch eine beste Freundin hatte. Bis auf Senta. Aber die kannte sie auch erst ein paar Tage.

In dem Moment läutete irgendwo im Haus ein Telefon. Kurz darauf hörte man Absätze klappern und die Stimme von Evelyns Mutter. „Evelyn. Telefon. Dein Vater will dich sprechen.“

Evelyn sprang von ihrem Stuhl und verließ ohne ein Wort und ohne Linn eines Blickes zu würdigen das Zimmer.

Wieso wird Evelyn von ihrem eigenen Vater zu Hause angerufen? Waren die Eltern geschieden?, überlegte Linn. Angeblich fährt doch die ganze Familie jedes Jahr nach Mallorca. Wahrscheinlich war der Vater noch im Büro. Senta hatte erzählt, dass er in der Bekleidungsfirma ein ziemlich hohes Tier sein sollte.

Linn nahm einen Schluck Cola und stellte das Glas ohne sich umzudrehen wieder auf den Schreibtisch. Das hatte sie zumindest geplant. „Platsch! Klirr!" Linn hatte den Schreibtisch knapp verfehlt und nun lag das Glas zerbrochen auf dem Boden. Und was noch viel schlimmer war: Auf dem Teppich breitete sich eine Colapfütze aus.

Linn sprang auf. „Mist, verdammter!" Ihr Blick flog durchs Zimmer. Nirgendwo konnte sie etwas entdecken, womit sie die Pfütze aufwischen könnte. „Das wird Frau Augsblatt gar nicht gefallen", murmelte Linn und machte sich auf die Suche nach der Küche.

Linn versuchte sich zu erinnern, ob sie vorhin an einer Küche vorbeigekommen waren. Aber die meisten Türen waren sowieso geschlossen gewesen. Also folgte sie einfach einem langen Gang. An dessen Ende lag ein großes Zimmer. Das musste das Wohnzimmer sein – obwohl es auch hier so aussah, als ob nicht wirklich jemand darin wohnen würde. Weder auf der dunkelbraunen Ledercouch noch auf dem Glastisch gab es die geringsten Spuren von Benutzung. Wie machten die Augsblatts das nur? Sobald die Krumbocks ein neues Möbelstück hatten, war nach mindestens einer Woche ein Kratzer oder ein Fleck drauf.

Als Linn sich weiter im Wohnzimmer umschaute, entdeckte sie einen kleinen Tisch am Fenster, auf dem verschiedene Fotos standen. Vorsichtig schlich Linn näher und betrachtete sie. Auf zwei Fotos war eindeutig Evelyn zu sehen. Auf einem war sie ungefähr vier Jahre und als Prinzessin verkleidet. Unsicher lächelte sie in die Kamera. Sie stand Hand in Hand mit einem Mädchen, das als Cowboy verkleidet war. Konnte das Senta sein? Linn ging noch näher an das Foto heran. Bis auf die Zahnlücken sah der kleine Cowboy Senta verdammt ähnlich. Das andere musste ein Foto von Evelyns Einschulung sein. Die Schultüte war fast doppelt so groß wie Evelyn.

Auf den meisten Fotos war allerdings ein Pärchen auf einem Boot oder vor einem flachen weißen Haus mit Palmen zu sehen. Neben ihnen lag, stand oder saß fast immer ein großer Dalmatiner. Die Frau war eindeutig Frau Augsblatt. Also war der Mann sicher Herr Augsblatt. Beide waren braungebrannt. Wahrscheinlich stammten die Aufnahmen vom Urlaub auf Mallorca. Komisch, überlegte Linn. Wieso war Evelyn nicht auf diesen Fotos? Wollte sie sich etwa nicht in ihrem rosa Bikini fotografieren lassen?

Linn hörte ein Geräusch aus dem Nebenzimmer. Telefonierte Evelyn da? Schnell verließ Linn das Wohnzimmer und fand schließlich gegenüber die Küche. Sie nahm einen Lappen und riss ein paar Tücher von einer Wischrolle.

Linn wollte gerade zurück in den Gang zu Evelyns Zimmer, als sie Stimmen hörte. Sie schienen von oben zu kommen. Linn entdeckte eine kleine Steintreppe. Die musste zur Dachterrasse führen. Einen Moment zögerte Linn. Dann ging sie langsam die Stufen hoch. Sie würde nur mal ganz kurz auf die Dachterrasse schauen. Schließlich hatte sie so was noch nie gesehen.

Linn steckte ihren Kopf aus der Luke. Auf einer Campingliege lag Frau Augsblatt. Sie hatte das Oberteil ihres lilafarbenen Bikinis gelöst und lag auf dem Bauch. Neben ihr saß ein mindestens zehn Jahre jüngerer Mann, der ihr den Rücken massierte. Er trug eine Goldkette und war braungebrannt. Oder lag es nur an der starken Körperbehaarung, dass er so dunkel wirkte? Linn schluckte. Wenn Evelyn gerade mit ihrem Vater telefonierte – wer war dann das? Frau Augsblatts persönlicher Masseur? Er sah auf jeden Fall nicht aus wie der Mann auf den Fotos.

Linn hörte, wie im Haus eine Tür klappte. Schnell hüpfte sie die Treppen hinunter und wollte gerade vom Wohnzimmer in den Gang abbiegen, als sie Evelyn in die Arme rannte.

„Wo bist du gewesen? Was hast du hier zu suchen? Spionierst du etwa schon wieder?“, fauchte Evelyn sie an.

Linn starrte Evelyn steif vor Schreck an. „Nein, ich … hab nur ’n Lappen für die Cola …“

Linn bemerkte, dass Evelyn noch blasser als sonst aussah. Ihre Augen waren gerötet und auf ihrem Hals sah man kleine rote Flecken. „Ist alles okay mit dir?“, fragte Linn. „Ist irgendwas mit deinem Vater?“ Linn musste an Frau Augsblatt und den Mann auf der Dachterrasse denken.

Evelyn schien mit den Tränen zu kämpfen. „Was geht dich das an?“, brüllte sie plötzlich. „Geh du doch nach Hause zu deiner durchgeknallten Familie oder zu deinem LeoLover. Du hast ja genug Leute, denen du deine bescheuerten Fragen stellen kannst. Los, hau ab!"

Linn blieb wie angewurzelt stehen. Da hatte sie einmal versucht nett zu sein und sich wirklich Sorgen um Evelyn gemacht – und was war der Dank? Sie wurde rausgeschmissen!

„Na los, geh schon, da geht's raus", sagte Evelyn und zeigte auf eine Tür.

Linn ließ den Lappen und die Wischtücher auf den Teppich fallen und ging Richtung Ausgang. Kurz vor der Tür drehte sie sich noch mal um.

Evelyn stand wie ein Häufchen Elend im Gang und starrte auf den Lappen am Boden.

Linn lag noch eine giftige Bemerkung auf der Zunge, aber als sie Evelyn da so stehen sah, öffnete sie nur wortlos die Tür und verließ die Wohnung.

Evelyn hob den Lappen und die Wischtücher auf, lehnte sich an die Wand und schloss die Augen. Verdammt, das war gar nicht gut gelaufen. Sie hatte doch ganz kühl und souverän wirken wollen. Hatte Linn ihr angemerkt, dass sie geweint hatte? Mist, dann hatte das kleine Biest was zu tratschen.

„Evi? Was macht ihr denn für einen Lärm da unten?", kam eine Stimme von der Dachterrasse.

„Nichts, Mama. Alles okay", rief Evelyn schnell und ging in ihr Zimmer. Sie wischte die Colapfütze so gut es ging auf und ließ sich dann aufs Bett fallen. Unter der Decke kramte sie ihren Plüschhasen hervor und nahm ihn in den Arm. Evelyn starrte auf den dunklen Fleck, den die Cola hinterlassen hatte. Ihre Mutter würde ausrasten. Dann fiel Evelyns Blick auf die Truhe neben der Tür. Shit, das hatte sie ganz vergessen. Dort lag das T-Shirt, das Frau Krumbock ihr geliehen hatte, weil Linns eigenartige Oma sie mit Kaffee und Kuchen bespuckt hatte. Evelyn hatte es Linn heute mitgeben wollen.

Plötzlich hatte Evelyn eine Idee. Sie könnte das T-Shirt ja persönlich bei den Krumbocks vorbeibringen. Nicht, dass sie scharf darauf war, Linn so schnell wiederzusehen. Aber vielleicht konnte sie einiges klarstellen. Sie könnte sagen, dass sie … vorhin nur etwas ins Auge bekommen hatte. Außerdem müsste sie dann den Nachmittag nicht allein in ihrem Zimmer oder noch schlimmer: mit ihrer Mutter und Karl auf der Dachterrasse verbringen. Ihr Vater würde heute, obwohl Samstag war und er es versprochen hatte, ja doch nicht vor Mitternacht aus dem Büro kommen. Wenn er überhaupt nach Hause kam.

Evelyn hörte ein Kichern von der Dachterrasse. Bevor sie es sich anders überlegen konnte, stand Evelyn auf, nahm das T-Shirt und ging los.

Linn ging schnurstracks zur italienischen Eisdiele auf dem Marktplatz. Sie hatte sich jetzt mindestens zwei Riesenkugeln verdient. Als Belohnung dafür, dass sie es immerhin eine halbe Stunde bei Lacktrulla ausgehalten hatte. Linn setzte sich mit ihrer Eistüte auf einen Stein vor dem Rathaus. Dass Evelyn sie rausgeschmissen hatte, regte sie noch immer auf. Obwohl – irgendwie war das alles auch etwas merkwürdig. Was war eigentlich mit Evelyn los? Warum heulte sie nach einem Gespräch mit ihrem Vater?

Linn verschlang ihr Eis im Rekordtempo und biss in die Waffel, als ob sie seit Tagen nichts gegessen hätte.

Sie hatte noch überhaupt keine Lust, nach Hause zu gehen. Ihr Blick fiel auf ein Schild über einem Schaufenster: *Veronas Frisörladen*. Hatte Senta nicht erzählt, dass sie gleich über dem Frisörladen auf dem Marktplatz wohnte? Linn stand auf und ging auf den Laden zu. Jetzt mit Senta reden zu können wäre genau das Richtige. Linn suchte die Klingelschilder ab. *Burkhart.* Perfekt. Linn läutete.

Eine piepsige Stimme fragte: „Wer ist denn da?"

Linn grinste. Senta war zu Hause. „Ich bin's, Linn. Kann ich kurz reinkommen?"

„Oh, klar, ja, komm hoch. Zweiter Stock. Achtung, ich drücke jetzt." Darauf ertönte der Summer und Linn ging die Treppe hoch.

Senta kam ihr schon halb im Treppenhaus entgegen. „Linn! Das ist ja super, dass du vorbeischaust. Ich bin nämlich ganz allein zu Hause. Meine Eltern sind im Baumarkt. Sie wollen neue Fliesen für unser Bad kaufen", redete Senta auf Linn ein.

Linn folgte Senta in ihr Zimmer. An den Wänden hingen Pferdeposter. Das hatte Linn erwartet. Was sie überraschte, waren die vielen CDs, die in einem Regal standen und teilweise auf dem Fußboden verstreut vor einer Stereoanlage lagen.

„Wahnsinn, hast du viele CDs", sagte Linn. Da alle Stühle und auch das Bett mit Klamotten, Büchern und Kleinkram bedeckt waren, setzte Linn sich auf einen freien Fleck auf den Fußboden. Sentas Zimmer gefiel ihr viel besser als Evelyns. Hier fühlte Linn sich wohl.

„Die habe ich von meinen Eltern geerbt. Willst du was Bestimmtes hören?", fragte Senta mit einem Blick auf ihr CD-Regal.

„Lass mal. Ich will lieber ein bisschen reden", sagte Linn. Außerdem erinnerte sie sich, dass Senta wie gebannt Leos „Musik" gelauscht hatte.

„Gut", sagte Senta und setzte sich zu Linn auf den Boden. „Worüber willst du reden?"

„Ich war gerade bei Evelyn. Du weißt schon, wegen dem Projekt bei der Blume", begann Linn.

Senta nickte und machte ein ernstes Gesicht, als ob sie eine Psychologin wäre und Linn bei ihr auf der Couch liegen würde.

„Erst lief alles ganz okay. Ich hab ihr ein paar Fragen gestellt, sie hat geantwortet. Dann rief ihre Mutter, dass ihr Vater am Telefon sei. Ist das nicht merkwürdig, dass ihr Vater sie zu Hause anruft?"

Senta kniff die Augen zusammen. Jetzt sah sie aus wie ein Inspektor.

„Na ja, Evelyn ist jedenfalls mit dem Telefon verschwunden. Ich hab dann meine Cola umgeschmissen und einen Lappen gesucht. Dabei hab ich nur mal kurz einen Blick auf die Dachterrasse geworfen. Und wer liegt dort? Frau Augsblatt! Aber nicht alleine – neben ihr sitzt ein Mann mit Brusthaar wie ein Löwe und massiert Evelyns Mutter!"

Linn wartete auf eine Reaktion von Senta. Als keine kam, fuhr sie fort: „Dann habe ich Evelyn auf dem Flur getroffen. Sie ist total ausgeflippt und hat rumgeschrien. Ich würde rumspionieren, ich solle mich um meinen eigenen Kram kümmern – und stell dir vor: Dann hat sie mich echt rausgeschmissen!“

Sentas einzige Reaktion war, dass sie die Augenbrauen in die Höhe zog.

„Und weißt du, was komisch war? Evelyn hatte ganz verheulte Augen. Und als ich sie fragte, ob was mit ihrem Vater ist, hätte sie beinahe losgeheult.“

„Hm“, machte Senta.

„Findest du das nicht auch komisch? Und dass sie mich rausschmeißt, nur weil ich mal durch die Wohnung laufe – das ist doch nicht normal, oder? Senta? Hörst du mir noch zu?“

„Ja, klar hör ich dir zu. Lass mich doch erst mal nachdenken“, sagte Senta. „Also“, fuhr sie nach einer Weile fort. „Ich kann mich noch daran erinnern, dass Evelyns Eltern immer kühl wirkten. Ich meine, sie waren schon höflich und so. Aber irgendwas hat gefehlt.“

„Kann es sein, dass sie geschieden sind oder sich gerade scheiden lassen?“, fragte Linn.

„Geschieden sind sie auf keinen Fall. Das hätte ich mitbekommen. Außerdem trifft meine Mutter die beiden immer zusammen auf allen möglichen Ausstellungen und Konzerten. Frau Augsblatt gibt mächtig mit ihrem Mann an. Du weißt schon, weil er so ein hohes Tier ist.“

„Und was sagst du dazu, dass Evelyn mich rausgeschmissen hat?“

„Ja, das war vielleicht etwas übertrieben“, gab Senta zu.

„Übertrieben??! Das war ja wohl das absolut Letzte!“, schimpfte Linn.

„Ich bin mir ziemlich sicher, dass sie dich nicht nur deswegen rausgeschmissen hat, weil du in der Wohnung rumgelaufen bist. Das war nur der Tropfen, der das Fass zum Überlaufen brachte. Sie muss sich vorher schon über irgendwas oder irgendwen aufgeregt haben.“

„Ich dachte, das Einzige, was die aufregt, ist ein Fleck auf ihrem rosa T-Shirt“, sagte Linn.

Senta zuckte die Schultern. „Anscheinend gibt es da noch was anderes.“

Linn überlegte. „Eigentlich interessiert mich Evelyn nicht die Bohne. Aber ich muss ja diesen doofen Aufsatz schreiben. Deshalb wäre es gut zu wissen, was bei Evelyn los ist.“

„Ich hab eine Idee“, sagte Senta. „Keine Ahnung, ob es funktioniert, aber wir können es versuchen. Ich hab Evelyn zufällig mal in der Schule im Computerraum dabei beobachtet, wie sie im Internet auf so einer Kontaktseite oder wie man das nennt war. Vielleicht finden wir die wieder, und wenn wir Glück haben, sucht Evelyn wirklich übers Internet Leute zum Reden.“

„Und dann?“, fragte Linn.

„Mensch, dann mailen wir ihr. Anonym natürlich.“

Auf Linns Gesicht breitete sich ein Grinsen aus. „Super Idee, Senta. Danke, da wäre ich alleine nie drauf gekommen.“

Senta spielte mit einem ihrer Zöpfe. „So ganz fair ist das natürlich nicht. Aber mich würde auch mal interessieren, warum Evelyn im Internet nach Freunden sucht und ihre wirklichen Freunde einfach abserviert."

Linn machte ein ernstes Gesicht und nickte. Senta hatte jeden Grund, sich an Evelyn zu rächen. „Wo ist dein Computer?"

„Ich hab noch keinen. Aber wir können den von meinem Vater benutzen", sagte Senta.

„Na dann – los!", sagte Linn.

Kapitel 7

Evelyn ging durch das Ziegental. Neugierig schaute sie sich um. Viele der Häuser waren ganz neu. Bei einem fehlte der Putz, bei einem anderen lag noch ein großer Kieshaufen im Vorgarten oder vielmehr dort, wo mal ein Vorgarten entstehen sollte. Die meisten Leute hier schienen kleine Kinder zu haben. In jedem zweiten Garten standen Rutschen, Schaukeln oder Wippen.

In einem dieser Häuser wohnte wahrscheinlich Leo, Linns Freund. Evelyn konnte es noch immer nicht fassen, dass gerade Linn, die aussah wie ein kleines Kind, schon einen Freund hatte. Wo hatte sie den so schnell herbekommen? Waren die Krumbocks nicht erst vor einem Monat in die Stadt gezogen? Okay, Linn war nicht hässlich. Mit ihren Kulleraugen und der wilden roten Mähne sah sie ganz interessant aus. So zwischen frech und süß. War es das, was Leo gefiel? Evelyn ging im Kopf die Mädchen in ihrer Klasse durch. Linn wirkte einfach … anders. Aber hatte denn nicht jede etwas Besonderes an sich? Selbst Senta mit ihren albernen Zöpfen. Evelyn betrachtete einen Augenblick lang ihr Spiegelbild in einer Terrassentür. Sie kam sich auf einmal schrecklich langweilig und normal vor.

Evelyn schüttelte den Gedanken ab und ging weiter, bis sie beim vorletzten Haus ankam. Dort wohnten die Krumbocks. Evelyn klingelte. Nichts. Im Haus blieb alles still. Sie klingelte erneut und lauschte. Evelyn wollte sich gerade wieder umdrehen und gehen, als sie bemerkte, dass die Tür nur angelehnt war. Sie öffnete sie einen Spalt und steckte ihren Kopf ins Haus. „Hallo? Hallooo? Ist jemand zu Hause?“

Keine Antwort.

Evelyn zögerte. Konnte sie einfach so in ein fremdes Haus gehen? Ihren eigenen Eltern würde so was ganz sicher nicht gefallen. Allerdings ließen ihre Eltern auch nicht die Haustür offen stehen. Außerdem wollte Evelyn ja nur das T-Shirt zurückbringen. Und es war doch viel höflicher, es im Haus als vor dem Haus abzulegen.

Vorsichtig betrat Evelyn den Flur. „Hallo?“, rief sie nochmals. Wieder blieb alles still. Evelyns Blick fiel auf die Treppe. Automatisch begann sie die Treppenstufen hochzusteigen. Vielleicht war Linn in ihrem Zimmer und hatte die Klingel nicht gehört. Und wenn sie nicht da war … dann konnte Evelyn sich ja mal ein wenig umsehen. Genau wie Linn es in ihrer Wohnung getan hatte.

Linns Zimmertür stand weit auf. Sie war nicht da. Evelyn betrat das Zimmer und lehnte die Tür leise hinter sich an. Dann ging sie zum Schreibtisch. Darauf sah es aus, als ob eine Bombe eingeschlagen hätte. Die Schreibtischplatte und die Computertastatur waren unter einem Berg von Zetteln, Stiften, Zeitschriften und Papierschnipseln begraben. Evelyn ließ ihren Blick durchs Zimmer schweifen. Er blieb an dem großen Wandbild über dem Bett hängen. Linn konnte richtig gut malen. Es sollte eine Unterwasserwelt darstellen, aber die obere linke Hälfte fehlte noch. Das war eigentlich eine witzige Idee, fand Evelyn. Evelyns Mutter würde einen Herzinfarkt kriegen, wenn Evelyn eine ihrer Wände bemalen würde.

Plötzlich entdeckte Evelyn an der Wand ein Foto, das direkt neben einer Postkarte mit Wolkenkratzern hing. Sie ging zur Wand hinüber, lehnte sich über das Bett und betrachtete das Foto. Das Mädchen auf dem Bild war eindeutig Linn. Sie kuschelte sich mit ihrem Lockenkopf in den Arm eines verdammt gut aussehenden Jungen. Der Junge hatte Linn mit beiden Armen fest umschlungen und lächelte in die Kamera. Die beiden sahen aus wie ein Liebespaar. Eins war klar: Der Junge auf dem Foto war auf keinen Fall Leo! Nur, wer war er dann?

Evelyns Blick fiel auf die Postkarte daneben. Sie löste die Karte, die mit einer Pinnnadel befestigt war, vorsichtig von der Wand und las. Offensichtlich war der gut aussehende Typ – vorausgesetzt, der Schreiber der Karte und er waren identisch – gerade in New York. Beim letzten Satz stockte Evelyn.

Ich denke ganz oft an dich … und drücke dich, dein Carlos!

Was hatte das zu bedeuten? War dieser Carlos etwa Linns Zweitfreund? Evelyn schüttelte ungläubig den Kopf. Diese kleine Nervensäge Linn konnte unmöglich zwei Freunde haben. Allerdings … die Karte und das Foto? Evelyn schaute sich den Jungen erneut an. Sie wüsste, für wen sie sich entscheiden würde. Dummerweise war dieser Carlos in den USA.

War Linn wirklich so eiskalt, ihn hier mit Leo zu betrügen? Und wie hatte Linn es überhaupt geschafft, sich so einen süßen Typen zu angeln? Lockenmähne und Kulleraugen hin oder her – Linn hatte weder Brüste noch Hintern. Was fanden die Jungs nur an ihr? Gab es da irgendeinen Trick?

Plötzlich war von nebenan ein Geräusch zu hören. Schnell pinnte Evelyn die Postkarte wieder an die Wand. Dann flog ihr Blick zur Tür, die sich langsam öffnete.

Zuerst konnte Evelyn nur etwas Zerzaustes, Rötliches erkennen. Dann wurde die Gestalt deutlicher. Es war Leo. Er war nur mit einer schwarzen Boxershorts und einem schwarzen T-Shirt, auf dem ein Skelett mit einer E-Gitarre aufgedruckt war, bekleidet. Seine Haare hingen vorne in langen Strähnen in sein Gesicht und standen hinten in einem Knäuel wild in alle Richtungen. Er hatte einen Drumstick in der Hand und funkelte Evelyn böse an. Als er sie erkannte, entspannte sich sein Gesicht. „Ach, du bist das“, sagte er und kam ins Zimmer.

„Hi, Leo“, krächzte Evelyn.

Obwohl Leo den Drumstick weggelegt hatte, sah er noch immer wild und gefährlich aus. Er stand im Raum und sagte kein Wort.

„Ich … ich wollte nur das T-Shirt zurückbringen, das Linns Mutter mir geborgt hat“, sagte Evelyn und wickelte dabei eine blonde Haarsträhne um ihren Finger. „Und … na ja, ich dachte, Linn ist vielleicht da und ich könnte ein bisschen mit ihr reden. Weißt du, die Tür stand unten offen. Ich hab gerufen, aber es hat keiner geantwortet.“

Leo nickte.

„Wolltest du auch zu Linn?“, fragte Evelyn. Leo musste ebenfalls einfach ins Haus gegangen sein. Komisch allerdings, dass er in Boxershorts durchs Ziegental lief.

Leo starrte Evelyn an. „Zu Linn? Äh, ja, genau“, sagte er.

Evelyn suchte Leos Blick. Aber der schaute auf den Boden. Sicher war er enttäuscht, dass Linn nicht da war, überlegte Evelyn. Ja, er sah traurig aus. Oder müde? Wenn der wüsste, was seine kleine Freundin so alles trieb! Man konnte fast Mitleid mit ihm haben, wie er da so stand. Aber Moment mal – die Karte und das Foto hingen ja für jeden sichtbar an der Wand! Leo musste von diesem Carlos wissen! Der Ärmste! Es war klar, dass er gegen den keine Chance hatte.

Evelyn räusperte sich. „Ich … ich hab das Foto gesehen“, sagte sie und deutete mit dem Kopf zur Wand über dem Bett.

Leo blickte zur Wand, dann wieder zu Evelyn. „Ja?“

„Muss schon hart sein, wenn man sich seine Freundin mit einem anderen teilen muss. Und dann noch mit so einem wie diesem Carlos“, fuhr Evelyn fort.

Leos Stirn zog sich in Falten. Er schien lange darüber nachdenken zu müssen, was Evelyn da gerade gesagt hatte. „Oh, Carlos“, sagte Leo schließlich. „Das ist schon in Ordnung. Linn ist ein Typ eben nicht genug. Und ehrlich gesagt: Ich bin ganz froh, wenn er mir ein bisschen Arbeit abnimmt.“ Leo grinste Evelyn an.

Evelyn schluckte. Das war der Hammer! Linn hatte also tatsächlich zwei Freunde! Und sie wussten voneinander! Dass diese kleine Nervensäge für einen Freund zu viel war, konnte sich Evelyn allerdings gut vorstellen. Aber es war so unfair. Wieso hatte jemand wie Linn gleich zwei Freunde, während Evelyn gar keinen hatte?

„Na, ich geh dann mal wieder." Leo wandte sich zur Tür. Dann drehte er sich noch mal um. „Übrigens, was ich dir noch sagen wollte: Wenn du Nachhilfe brauchst, sag mir Bescheid, okay?"

Evelyn stutzte. „Wieso sollte ich Nachhilfe brauchen?"

„Ich dachte nur, damit du die siebte Klasse beim dritten Mal schaffst", sagte Leo.

„WAS?" Evelyn blieb der Mund offen stehen. „Hat Linn dir das erzählt?"

„He, keine Panik, ich sag's keinem weiter", meinte Leo. „Also, meld dich, falls du mich brauchst." Er winkte kurz und schlurfte aus dem Zimmer.

Evelyn war, als hätte ihr eben jemand einen Eimer Wasser über den Kopf geschüttet. Dieses kleine, eklige Biest!, dachte sie. Ich mach mir Sorgen um ihren Freund, bin so nett und bringe das blöde T-Shirt zurück, und was macht sie? Wer weiß, wem sie diesen Blödsinn sonst noch erzählt hat.

Evelyn schnappte sich das T-Shirt und rannte die Treppe herunter. Keine Minute länger würde sie in diesem Haus bleiben. Sie wollte das T-Shirt gerade auf die Garderobe legen, als Frau Krumbock aus der Küche kam.

„Evelyn? Hallo! Das ist ja schön, dass du vorbeischaust. Linn ist leider nicht da. Wollte sie nicht zu dir?", fragte Frau Krumbock.

Evelyn atmete tief durch. Nur nichts anmerken lassen. „Ja. Stimmt, sie war auch bei mir. Und sie hat das T-Shirt vergessen." Evelyn reichte Frau Krumbock ihr Shirt. „Vielen Dank noch mal."

„Schon gut. Magst du nicht zum Kaffee bleiben? Ich backe gerade Kuchen. Mein Mann ist im Garten und nicht von seinen Skulpturen wegzubekommen, und alle anderen scheinen ausgeflogen zu sein. Komm, leiste mir ein wenig Gesellschaft. Vielleicht ist Linn auch bis dahin zurück."

Frau Krumbock war wirklich freundlich. Aber Evelyn wollte eins jetzt ganz bestimmt nicht mehr: Linn sehen. „Das ist wirklich sehr nett von Ihnen, aber ..."

Aus der Küche kam ein lauter Piepton. „Oh! Moment, das muss mein Kuchen sein", trällerte Frau Krumbock und verschwand mit schwingenden Armbewegungen in der Küche.

Evelyn stand unschlüssig im Flur. Am liebsten wäre sie jetzt einfach abgehauen. Das wäre zwar unhöflich, aber konnte es ihr denn nicht egal sein, was Frau Krumbock von ihr dachte? Zu spät, Linns Mutter kam bereits wieder aus der Küche.

„Hier", sagte sie und drückte Evelyn ein Tablett mit Tellern und Tassen in die Hand. „Bring das schon mal auf die Terrasse. Dort rechts durch die Tür raus. Ich komme gleich mit dem Kuchen." Frau Krumbock schwebte zurück in die Küche.

Evelyn seufzte und starrte auf das Tablett in ihrer Hand. Sie musste an ihre Mutter und Karl auf der Dachterrasse denken. Vielleicht war es doch keine schlechte Idee, Frau Krumbock kurz Gesellschaft zu leisten.

„Hier, das muss sie sein", sagte Senta und deutete auf einen Eintrag in der Rubrik „Mailfreunde gesucht".

Linn und Senta saßen vor dem Computer. Es hatte einige Zeit gedauert, bis sie die richtige Internetseite gefunden hatten.

Linn beugte sich zum Bildschirm, und Senta las laut:

Hi Leute! Ich bin ein Skorpion-Girl und würde mich freuen, wenn ihr mir mal schreibt. Ich mag Bücher, Shoppen und Pferde. Und ich hasse Mathe und Chemie. Meldet euch, ich antworte bestimmt! Evelyn (12)

„Bist du dir sicher, dass das die richtige Evelyn ist?", fragte Linn. „Ich meine, seit wann mag Evelyn denn Pferde? Ich dachte, sie hasst Tiere."

„Hundertpro sicher", sagte Senta. „Ich weiß genau, dass das die Website ist, die Evelyn benutzt hat. Sie hat Anfang November Geburtstag, also ist sie Skorpion. In Mathe und Chemie ist sie eine absolute Niete. Shoppen und Lesen passen auch zu ihr. Und was die Pferde betrifft – früher, als wir noch befreundet waren, war sie ganz verrückt nach Pferden. Eigentlich wollten wir mal zusammen Ferien auf einem Reiterhof machen, aber Evelyns Eltern haben es nicht erlaubt."

„Na gut", meinte Linn und zog die Tastatur zu sich herüber. „Versuchen wir es." Sie begann zu schreiben:

Hallo Evelyn,

ich bin 12, mag Tiere (natürlich auch Pferde) und lese gerne. Shoppen mag ich nur zusammen mit meiner Oma. Mit der rede ich auch am liebsten. Mit wem redest du am liebsten? Hast du eine beste Freundin, der du alles erzählst? Und mit wem gehst du shoppen?

Mail schnell zurück! Laura

„Laura?", fragte Senta.

„Was denkst du denn? Soll ich vielleicht Linn schreiben?"

„Stimmt", meinte Senta. „Gehst du wirklich am liebsten mit deiner Oma shoppen?"

Linn nickte. „Die findet immer die coolsten Klamotten. Was meinst du, kann ich die Mail so abschicken?"

„Glaub schon."

Linn klickte auf *Senden*. „So, mal sehen, wie schnell Evelyn ihrer neuen Mailfreundin antwortet."

„Meinst du, dass sie etwas merkt?"

„Bestimmt nicht. Laura kann doch jede sein. Und die Mailadresse ist auch total unverdächtig." Linn stand auf. „Ich muss jetzt los. Ich sag dir Bescheid, wenn sich was tut, okay?"

„Ja, gut", sagte Senta. „Und Grüße an Benno", rief sie Linn hinterher, die schon halb zur Tür raus war. „Und an Leo", flüsterte Senta, als Linn die Tür hinter sich geschlossen hatte.

„Wirklich klasse, der Kuchen", sagte Evelyn, der Frau Krumbock gerade das zweite Stück auf den Teller legte. Allerdings wollte Evelyn besser nicht wissen, wie viele Kalorien so ein Stück hatte. Sie griff sich kurz an ihren Bauch. Gut. Er war noch flach.

„Danke. Ich hab früher mal einen Backkurs geleitet. Ich backe immer nach Gefühl, Rezepte brauche ich nicht", erklärte Frau Krumbock.

In dem Moment betrat ein kleiner, rundlicher Mann in einer braunen Latzhose die Terrasse. Seine Haare standen wild nach allen Seiten ab und über sein ganzes Gesicht waren Holzspäne verteilt. Er drückte Frau Krumbock einen kleinen Kuss auf die Wange. Sie kicherte und wischte sich die Holzspäne, die dabei auf ihrer Wange gelandet waren, vom Gesicht.

„Hallo, die zwei Damen", sagte der Mann, setzte sich und nahm sich ein Stück Kuchen.

„Evelyn, das ist mein Mann. Georg, das ist Evelyn. Sie geht mit Linn in eine Klasse." Frau Krumbock wies jeweils mit der Hand auf Evelyn und ihren Mann.

„Guten Tag", sagte Evelyn und beäugte den Mann in der Latzhose. Das war also Linns Vater. Sah eigentlich ganz sympathisch aus. Irgendwie gemütlich.

Herr Krumbock zwinkerte Evelyn zu, da er den Mund gerade voller Kuchen hatte. Dabei fielen noch mehr Holzspäne von seinen roten Backen. „Lost euch nüch stören", brummte Herr Krumbock und nahm den nächsten großen Bissen Kuchen.

Frau Krumbock lächelte ihrem Mann zu und wandte sich wieder an Evelyn. „Wo waren wir stehen geblieben? Ach ja, beim Backen. Backt deine Mutter auch?"

Evelyn schüttelte den Kopf. „Ich glaub, das wäre ihr zu viel Stress. Und zu viel Dreck in der Küche." Evelyn konnte sich nicht daran erinnern, ihre Mutter jemals mit einer Schürze und Mehl an den Händen in der Küche gesehen zu haben. Oder ihren Vater mit Holzspänen im Gesicht.

„Oh, schade. Ich backe fast jede Woche. Früher hat mir Linn oft dabei geholfen. Aber jetzt hat sie andere Interessen." Frau Krumbock lächelte.

„Sie meinen Leo, stimmt's?" Evelyn schaute Frau Krumbock mitfühlend an. Eine 12-jährige Tochter zu haben, die zwei Freunde hatte, war sicher ein Albtraum für jede Mutter.

„Leo? Was ist mit ihm?", fragte Frau Krumbock.

„Na ja, Linn verbringt sicher viel Zeit mit ihm."

Herr Krumbock hustete. Anscheinend hatte er sich an seinem Kuchen verschluckt.

Frau Krumbock lachte kurz auf. „Wie kommst du denn darauf? Linn und Leo waren schon immer wie Katz und Maus. Obwohl sie sich ähnlich sehen, sind sie vom Charakter her völlig verschieden. Mein Mann behauptet immer, Linn würde nach Oma Betty kommen und Leo nach ihm – kein Wunder, dass sie sich nicht vertragen!"

Herr Krumbock nickte und verzog das Gesicht zu einer Grimasse. Frau Krumbock stieß ihren Mann in die Seite und grinste ihm zu.

Evelyn blieb fast das Stück Kuchen im Hals stecken. Linn und Leo … ja, sie sahen sich tatsächlich ähnlich. Aber sie sollten vom Charakter her verschieden sein? Moment mal. Hatte sie das richtig verstanden? Wenn Leo nach Linns Vater kam, dann ... dann war er Linns Bruder! Evelyn schaute sich Herrn Krumbock genauer an. Tatsache. Die rötlichen Strubbelhaare und die braunen Augen erinnerten ein wenig an Leo. Und genau wie Leo schien auch Herr Krumbock nicht viel zu reden. Evelyn konnte es nicht glauben, aber es musste wohl so sein: Linn und Leo waren Geschwister! Na klar, deswegen lief Leo hier auch in Boxershorts rum und hatte einen Hausschlüssel. Er wohnte einfach hier. Aber wieso taten sie beide so, als ob sie ein Paar wären? Evelyn musste an die Umarmungen und Küsschen in der Schule denken, bei denen sie Linn und Leo beobachtet hatte. Iieeeh, wie eklig! Evelyn erinnerte sich daran, irgendwo schon mal was über Geschwisterliebe gelesen zu haben. Und an was sie sich dabei hauptsächlich erinnerte: Es war nicht gesund. Aber laut Frau Krumbock verstanden Linn und Leo sich doch gar nicht. Gut, vielleicht war das nur Tarnung, damit die Eltern keinen Verdacht schöpften. Oder die beiden spielten aus irgendeinem Grund nur Theater. So oder so: Es war abartig!

Evelyn hustete kurz und spülte mit einem Schluck Kakao den Kuchen hinunter.

„Hast du dich verschluckt? Brauchst du ein Glas Wasser?", fragte Frau Krumbock.

„Nein, geht schon, danke." Evelyn stellte ihre Tasse ab. „Das heißt, dass Linn und Leo auch getrennt schlafen? Ich meine, jeder hat sein eigenes Zimmer, oder?"

Herr Krumbock klatschte sich auf die Oberschenkel. „Linn und Leo in einem Zimmer?", fragte er und lachte auf.

„Natürlich haben sie getrennte Zimmer", erklärte Frau Krumbock. „Früher, als sie noch klein waren, haben sie schon in einem Zimmer geschlafen. Aber auf Dauer wäre das nicht gut gegangen. Sie sind zu verschieden. Außerdem glaube ich, dass jeder ab einem gewissen Alter seinen eigenen Raum braucht. Hast du denn keine Geschwister?"

Evelyn schüttelte den Kopf. „Nein, ich glaube, ein Kind war meinen Eltern genug." Manchmal hatte sie sogar das Gefühl, dass ein Kind ihren Eltern schon zu viel war.

„Schade." Frau Krumbock goss sich Kaffee nach.

In dem Moment betrat Linn die Terrasse. „Hallo Mama, hallo Pa…" Ihr Blick fiel auf Evelyn. „Was machst du denn hier?", fragte sie, und ihre Stimme war ziemlich laut.

„Linn, sei nicht so unhöflich", sagte Herr Krumbock, bevor Evelyn antworten konnte.

„Evelyn war so freundlich, mir Gesellschaft zu leisten. Wir haben nett geplaudert, nicht wahr, Evelyn?" Frau Krumbock zwinkerte Evelyn zu.

Linn starrte Evelyn an.

Evelyn nickte. „Ja, ich wollte eigentlich nur das T-Shirt zurückbringen. Du hattest es ja bei mir vergessen."

„Wie bitte? Ich hab es vergessen? Du hast mich rausgeschmissen, wenn ich dich daran erinnern darf!", schrie Linn und atmete dann schnell tief ein, um einem Schluckauf vorzubeugen.

„Ich hatte ja wohl Grund dazu!", fauchte Evelyn zurück.

In dem Moment schlurfte Leo auf die Terrasse und gähnte. „Gibt es noch Kuchen?"

Evelyn stand so abrupt auf, dass ihr Stuhl beinahe umflog.

Frau Krumbock blickte mit weit aufgerissenen Augen zwischen Linn, Evelyn und Leo hin und her.

„Kinder, beruhigt euch!“, sagte Herr Krumbock.

„Ich gehe jetzt“, verkündete Evelyn. „Ich muss mir von dir nicht noch mehr Beleidigungen anhören. Außerdem ist ja jetzt dein Schatzi da.“ Sie warf Leo einen spöttischen Blick zu.

Leo grinste und legte einen Arm um Linn. „Genau.“

„Lass das“, zischte Linn und schüttelte Leos Arm von ihrer Schulter.

„Auf Wiedersehen“, sagte Evelyn zu Frau und Herrn Krumbock. „Vielen Dank für den Kuchen ... und für das interessante Gespräch“, fügte sie hinzu und verschwand durch die Terrassentür.

Frau Krumbock schaute Evelyn verwundert nach.

Linn stürmte hinter Evelyn her. „Lass dich hier bloß nicht wieder blicken!“

Evelyn drehte sich in der Haustür um. „Keine Angst. Ich werde dich ganz sicher nicht beim Knutschen mit deinem BRUDER stören“, sagte sie, warf mit einem Ruck die Haare über ihre Schulter und verschwand nach draußen.

Linn blieb wie erstarrt im Flur stehen und spürte einen riesengroßen Schluckauf in sich aufsteigen.

„Was? Sie hat gesagt, dass du mit deinem Bruder knutschst?“ Senta schrie fast in den Telefonhörer.

„Ja. Wahrscheinlich haben ihr meine Eltern was erzählt.

Warum müssen sie auch ausgerechnet Evelyn zu Kaffee und Kuchen einladen? Und weißt du, was Leo mir gesagt hat? Dass er Evelyn in meinem Zimmer getroffen hat! Möchte mal wissen, was sie da wollte. Und mich rausschmeißen, weil ich angeblich rumspionieren würde!" Linn schnaufte.

„Das ist echt der Hammer", gab Senta zu. „Aber eigentlich kannst du doch froh sein, dass das Theaterspielen mit Leo vorbei ist."

„Ich hätte sowieso mit ihm Schluss gemacht. Bei meinem Taschengeld kann ich mir Leo als Freund nicht länger leisten. Außerdem reicht er mir vollkommen als Bruder."

„Sag mal, es kann doch sein, dass Evelyn trotzdem glaubt, dass ihr ein Paar seid. Sie hält dich doch sowieso für durchgeknallt, da würde es prima passen, wenn du mit deinem eigenen Bruder was hättest. Neulich lief so ein Film im Fernsehen, wie hieß der gleich ...?"

Linn stöhnte. „Ja, ja. Ich weiß. Genau das hat Oma Betty auch gesagt, als ich ihr die Geschichte erzählt habe."

„Und?"

„Keine Ahnung, was in Blondis Kopf vor sich geht. Ist mir auch egal. Was viel wichtiger ist: Evelyn hat auf meine Mail geantwortet, also auf Lauras Mail, meine ich."

„Erzähl!", bettelte Senta.

„Warte, ich hab's ausgedruckt." Im Hintergrund raschelte es. „So. Pass auf, ich lese vor." Linn räusperte sich. „Hi Laura! Du gehst echt mit deiner Oma shoppen? Das ist ja abgefahren! Mit meiner Oma könnte ich so was nicht machen. Sie wohnt auf dem Dorf, ich bin meistens in den Ferien bei ihr (während meine Eltern auf Mallorca in der Sonne braten, knirsch!). Aber mit dem Reden geht es mir wie dir: Ich rede auch am liebsten mit meiner Oma. Ich weiß nur nicht, ob die mich immer versteht. So eine richtig beste Freundin hab ich nicht. Hast du eine? Oder einen Freund? Bei mir in der Klasse ist eine, die hat schon einen total süßen Freund. Obwohl sie selbst völlig kindisch und bekloppt ist. Okay, bis bald dann, meld dich ganz schnell wieder, deine Evelyn."

Linn lauschte in den Hörer. „Senta? Bist du noch da?"

„Dachte ich's mir doch", sagte Senta.

„Was?"

„Dass Evelyn in den Ferien zu ihrer schwerhörigen Oma abgeschoben wird. Verstehst du? Sie war wahrscheinlich noch nie auf Mallorca. Dabei schwärmt sie der ganzen Klasse immer davon vor. Die Ärmste!"

„Die Ärmste?"

„Wie würdest du es denn finden, wenn deine Eltern schön in die Sonne düsen und du zur Oma aufs Dorf geschickt wirst?", fragte Senta.

„Stimmt", meinte Linn. „Müssen schon sehr merkwürdige Eltern sein. Immerhin mag Evelyn ihre Oma. Aber weißt du, was ich mich frage? Wen zum Teufel sie mit dem ‚total süßen Freund' meint."

„Na, Leo, ist doch klar!", schoss es aus Senta heraus. „Ich meine, wäre doch möglich, oder?", fügte sie dann etwas leiser hinzu.

„LEO??? So ein Quatsch! Das Letzte, was mir zu Leo einfallen würde, wäre ‚total süß'!"

„Du hast recht. Vielleicht eher mystisch, rätselhaft, interessant", sagte Senta.

Linn verdrehte die Augen. „Ja, oder stinkend, pickelig und hörgeschädigt", knurrte sie. „Aber Evelyn muss Leo meinen, denn die völlig Kindische und Bekloppte in der Klasse bin ja wohl ich. Oder fällt dir da noch jemand anders ein?"

Senta überlegte kurz. „Nein. Das kannst nur du sein. Hast du ihr denn schon geantwortet?"

„Nee, mach ich gleich. Also bis morgen, okay?"

„Gut, bis dann!", sagte Senta.

Nachdem Linn das Telefon zurück in den Flur gebracht hatte, setzte sie sich wieder vor den Computer.

Hallo Evelyn,

begann Linn zu tippen. Sie überlegte. Irgendwie musste sie mehr über Evelyns Familie herausfinden. Und warum sie keine beste Freundin hatte. Obwohl – das fand Linn eigentlich nicht weiter verwunderlich, so wie Evelyn sich gab.

Ist das dein Ernst, dass deine Eltern ohne dich nach Mallorca fahren? Wieso machen sie das? Ich wäre an deiner Stelle ganz schön sauer. Wie sind denn deine Eltern sonst so? Meine sind eigentlich ganz locker, manchmal etwas zu chaotisch.

Ich hatte früher nie eine beste Freundin, aber ich glaube, ich

habe jetzt eine gefunden. Wir kennen uns nur noch nicht so lange. Einen Freund habe ich noch nicht. Aber ich will auch gar keinen. Hättest du gerne einen Freund? Und wieso ist die in deiner Klasse kindisch und bekloppt? (Bist du dir sicher, dass ihr Freund süß ist?)

Freu mich schon auf deine Antwort,

Laura

Linn drückte auf *Senden* und rieb sich die Hände. Wenn Evelyn auf diese Mail genauso offenherzig antworten würde wie auf die erste, dann hatte Linn einiges in ihrem Aufsatz zu schreiben.

Kapitel 8

„Grandios! Die Idee mit den Mails hätte von mir sein können“, sagte Oma Betty, während sie ihre Stola an die Garderobe hängte. Linn und sie kamen gerade vom Gassigehen mit Benno nach Hause.

Linn nickte. „Ja, war aber Sentas Idee.“

„Was? Die kleine Ruhige mit den Zöpfchen?“, staunte Oma Betty. „Na ja, eine gute Tarnung ist die halbe Miete. Das war schon Jacks Motto in *Sie sahen nur noch seinen Rücken.* Ein starker Western!“

„Hm“, machte Linn und begann die Treppe hinaufzusteigen. „Ich muss nach meinen Mails schauen. Bis später, Grandma.“

Linn schaltete den Computer ein und rief ihre Mails ab: Sie haben 1 neue Mail, las sie auf dem Bildschirm. Linn klickte die Mail an und begann zu lesen:

Liebe Laura,

super, dass du so schnell antwortest. Ich freu mich schon immer riesig auf deine Mails. Irgendwie bist du die Einzige, mit der ich richtig gut reden kann.

Also, das mit meinen Eltern ist total bescheuert. Früher waren sie noch ganz okay, aber dann haben sie mit ihrer modernen Beziehung angefangen. Jeder macht, was er will. Nur ich nicht. Mein Vater ist immer im Büro. Meine Mutter hat eine Art Freund, der schon fast bei uns eingezogen ist. Der ist der totale Doofklops.

Und ich soll die perfekte Tochter sein. Mein Vater interessiert sich nur für mein Zeugnis. Ich seh ihn kaum, und wenn er mal anruft, fragt er nur irgendwelchen Mist über die Schule. Und meine Mutter will aus mir eine Schönheitskönigin machen. Voll nervig, sag ich dir. Auf Mallorca wollen meine Eltern dann angeblich mal wieder alleine sein. Pah!

Ich hab das noch niemandem gesagt, aber ich bin oft ganz schön traurig. Meine Eltern stopfen mein Leben mit Regeln voll, aber was ich eigentlich will, ist ihnen egal. Egoistische Eltern sollten verboten werden!

Okay, ich hör lieber auf damit.

Willst du echt keinen Freund haben? Ich glaub, ich hätte schon gerne einen. Die Jungs in meiner Klasse kannst du alle voll vergessen. Die sind meistens sogar noch ein Stück kleiner als ich! Und die Kindische und Bekloppte aus meiner Klasse ist einen ganzen Kopf kleiner als ich. Deswegen nenne ich sie auch Linnilein. Außerdem ist sie völlig durchgeknallt. Stell dir vor: Die knutscht mit ihrem eigenen Bruder in der Schule rum! Der Hammer, was? Dabei hat sie ja diesen süßen Freund. Ich hab nur ein Foto von ihm gesehen, aber der sieht total super aus. Das wär auch voll mein Typ.

Na gut, ich muss Schluss machen, hab noch Hausaufgaben für morgen.

Ciao und bis bald, mail gaaanz schnell,

Evelyn

Linn runzelte die Stirn. Okay, es war jetzt eindeutig, dass nicht Leo mit dem „total süßen Typen“ gemeint war. Aber das war Linn auch schon vorher klar gewesen. Nur – wer sollte denn dann ihr „süßer Freund“ sein? Irgendetwas schien hier an Linn vorbeizulaufen.

Sie zuckte die Schultern. Wenn Evelyn der Meinung war, Linn hätte einen gut aussehenden Freund – von ihr aus! Viel interessanter waren die Stellen über Evelyns Eltern. Das hörte sich ja wirklich grausam an. „Eine moderne Beziehung“ – das erklärte natürlich den braungebrannten Goldkettchen-Typen von der Dachterrasse. Linn schluckte. Bäh! Wenn so was in ihrer Wohnung aus und ein gehen würde …!

Und Evelyn musste brav die perfekte Tochter spielen. Linn hätte anfangs gewettet, dass Evelyn ein verwöhntes Einzelkind war und immer und überall im Mittelpunkt stand. Aber anscheinend lag sie damit falsch. Lief Evelyn wirklich nur so aufgetakelt rum und benahm sich so komisch, weil ihre Eltern das erwarteten?

Linn lehnte sich in ihrem Stuhl zurück und überlegte. Sie musste an die Plüschtiere unter Evelyns Bettdecke denken. Was hatte Evelyn noch geschrieben? *Ich bin oft ganz schön traurig … Meine Eltern stopfen mein Leben mit Regeln voll, aber was ich eigentlich will, ist ihnen egal.* Das war wirklich verdammt traurig. Selbst bei einer so blöden Zicke wie Evelyn konnte man da Mitleid bekommen. Und es war verdammt ehrlich. Was sollte Linn nur antworten?

Hallo Evelyn,
danke für deine Mail. Und dafür, dass du so ehrlich bist und mir so viel anvertraust.

Linn hielt inne. Das war supergemein. Wie konnte sie Evelyn für ihr Vertrauen danken? Klar würde Linn alles, was sie in den Mails erfahren hatte, für ihren Aufsatz verwenden. Oder vielleicht doch nicht? Linn überlegte, löschte den Anfang der Mail und begann erneut:

Hallo Evelyn,
danke für deine Mail. Deine Eltern klingen echt ziemlich abartig. Mein großer Bruder sagt immer: Eltern kann man nicht erziehen. Ich fürchte, er hat recht. Aber vielleicht kannst du trotzdem mal mit ihnen reden. Wenn du dir immer alles gefallen lässt, merken sie gar nicht, dass dich was stört. Sei einfach mal nicht die perfekte Tochter, dann merken sie vielleicht, dass du ein Mensch bist und eigene Interessen hast. Wenn du willst, kann ich dir dabei helfen, denn im NichtdieperfekteTochtersein bin ich Profi.

Linn überflog die Zeilen. Das war viel besser. Und vor allem: Es war ernst gemeint. Linn wollte Evelyn wirklich helfen – soweit das per Mail und als Laura eben ging.

So, und jetzt zum lustigen Teil, dachte Linn und las noch mal die Zeilen über Linnilein und ihren Freund. Dann schrieb sie:

Weiß die kindische Bekloppte eigentlich, dass du sie Linnilein nennst? Ich finde den Spitznamen ganz witzig. Ich kannte mal eine, die hieß Susanne, aber ihre Mutter hat sie immer Susi-Mausi gerufen – das ist ja wohl das Letzte, oder? Stell dir mal vor, jemand würde dich Evi-Mausi rufen!!!

Hast du wirklich genau gesehen, dass sie mit ihrem Bruder geknutscht hat? Vielleicht haben sie nur ein super Verhältnis. Oder ... kann es sein, dass du eifersüchtig bist? Ach nee, du fandest ja den richtigen Freund gut. Wie heißt denn dieser supersüße Typ? Wenn diese Linnilein mit ihm zusammen ist, sieht sie bestimmt auch toll aus, oder? Erzähl mal mehr über die zwei!

Ich muss leider auch noch Hausaufgaben machen. Wenn mein blöder Bruder nebenan mal die Musik leiser drehen würde, ginge das auch besser. Stöhn! Na dann, meld dich schnell,

Linn

Es war echt nicht zum Aushalten. Eben hatte Leo nebenan seine Anlage volle Kanne aufgedreht. Er war den ganzen Sonntagnachmittag bei einem Freund gewesen. Wahrscheinlich hat er wieder neue „Musik“ mitgebracht, die er – und auch alle anderen im Haus – jetzt unbedingt hören musste.

Linn klickte schnell auf *Senden* und wollte gerade zu Leo rüberstürmen, als sie mitten in der Bewegung innehielt. NEIN! Linn starrte auf den Bildschirm. Hatte sie eben mit Laura oder mit Linn unterschrieben? Nervös tippte Linn auf der Tastatur herum. Mist. Die gesendeten Mails wurden nicht gespeichert.

Linn ließ sich auf den Stuhl fallen. Es war sowieso zu spät. Die Mail war unterwegs und Linn konnte sie nicht mehr stoppen. Vielleicht hatte sie ja Glück und hatte doch mit Laura unterschrieben. Und wenn nicht … dann würde sie es an Evelyns Reaktion morgen in der Schule merken. Und an Evelyns Aufsatz. Linn schluckte. Sicher würde Evelyn sich dafür rächen, und zwar nicht zu knapp. Die Geschichte mit Leo war ja leider auch nicht ohne.

Linn richtete sich im Stuhl auf. Es wurde höchste Zeit, dass sie sich an ihren Aufsatz machte.

„Tschüss, mein Schatz", sagte Leo und wollte Linn gerade vor dem Schultor umarmen.

„Hör auf damit. Ich hab am Wochenende mit dir Schluss gemacht, kapiert", fauchte Linn. Gleich die erste Stunde hatte sie die Blume mit ihren blöden Aufsätzen. Das plus die Tatsache, dass Montagmorgen war, reichte, um Linns Laune ins Unterirdische zu treiben.

„Voll fies", sagte Leo. „Das heißt, ich bin wieder nur dein Bruder?"

Linn nickte. „Ja, und dafür zahl ich dir keinen Cent."

Leo seufzte. „Du brichst mir echt das Herz." Dann schlurfte er mit einem Schulterzucken davon.

Linn blieb vor dem Schultor stehen. Sollte sie auf Senta warten? Oder war Senta schon in der Schule? Linn spähte die Straße entlang. Drei blonde Köpfe wippten im Gleichschritt nebeneinander. Eine der drei war deutlich größer und blonder als die anderen. Klarer Fall: Evelyn, Lina und Tina im Anmarsch. Als Evelyn Linn sah, schienen sich ihre Augen plötzlich zu weiten.

Linn drehte sich mit Schwung um und ging schnell ins Schulgebäude. Sie hatte wirklich keine Lust, Evelyn am Montagmorgen noch vor der ersten Stunde zu treffen. Vor allem, wenn sie daran dachte, dass sie die Mail gestern vielleicht mit „Linn" unterschrieben hatte.

Plötzlich spürte Linn eine Hand auf ihrer Schulter.

„He, warte mal", sagte Evelyn, die ihre Hand sofort wieder zurückzog, als Linn sich umdrehte.

Linn starrte Evelyn an und schluckte. Sie standen genau an der Stelle, an der Linn am ersten Tag mit Evelyn zusammengestoßen war. Linn konnte sich einen Blick auf Evelyns Schuhe nicht verkneifen. Lackschuhe. Tadellos. Perfekter Glanz.

Evelyn bemerkte Linns Blick. „Was ist? Hast du wieder ein Problem mit meinen Schuhen?"

„Absolut nicht." Linn schaute schnell wieder nach oben. „Was gibt es denn? Wolltest du irgendwas von mir?"

„ICH will garantiert gar nichts von DIR", sagte Evelyn. „Ich biete dir einen Deal an. Und wenn du nicht nur Grütze in deinem kleinen Hirn hast, gehst du darauf ein."

Linn zog die Augenbrauen hoch. „Ein Deal? Aha. Und worum geht es?“

„Ganz einfach. Du liest deinen Aufsatz nicht vor und ich lese meinen nicht vor. Du weißt schon, die Empathie-Aufsätze für die Blume.“

Linn überlegte. Anscheinend hatte Evelyn Angst, dass Linn irgendetwas Peinliches über sie vor ihren ganzen Bewunderern ausplaudern würde. „Und was habe ich davon?“

Evelyns Augen formten sich zu schmalen Schlitzen. „Zum Beispiel, dass ich nichts über deine heißen Küsse mit deinem BRUDER Leo erzähle. Das würde sicher nicht nur Frau Blume spannend finden, was in eurer Familie so abgeht.“

Linn bekam einen knallroten Kopf. „Du weißt genau, dass ich mit meinem Bruder nie richtig geknutscht habe. Außerdem ist Schluss. Mit Leo, meine ich. Und was meine Familie betrifft: mit der bin ich sehr glücklich. Im Gegensatz zu dir und deinen Eltern!“

Jetzt erschienen auch auf Evelyns Gesicht rote Flecken. „Lass meine Eltern in Ruhe. Das geht dich nichts an. LAURA!“

Linn war, als ob ein Blitz durch ihren Magen fuhr. Evelyn wusste, dass die Mails von ihr waren! Mist, also hatte sie gestern doch mit ihrem eigenen Namen unterschrieben. Linn konnte Evelyn nicht in die Augen sehen. Verdammt, war das peinlich.

„Am besten, du vergisst alles ganz schnell wieder, was du in den Mails gelesen hast“, sagte Evelyn.

Linn hob kurz den Blick und schaute Evelyn ins Gesicht. Die roten Flecken waren wieder weg und Evelyn sah blass aus. Linn musste daran denken, was Evelyn in den Mails geschrieben hatte. Sie hatte sich ihr, oder besser gesagt Laura, anvertraut. Wahrscheinlich hatte Evelyn das vorher noch nie getan. Wahrscheinlich war Linn die Einzige, die wusste, wie sich Evelyn zu Hause fühlte. Linn wurde ganz schlecht, als sie daran dachte, wie sie Evelyn mit den Mails reingelegt hatte. Das war wirklich oberfies. An Evelyns Stelle wäre Linn total ausgerastet. Linn musste etwas sagen.

„Evelyn. Es … es tut mir leid. Ehrlich. Ich … ich wusste ja nicht, was du für Probleme zu Hause hast. Ich wollte einfach mehr über dich herausfinden, wegen dem Aufsatz und so. Und ich dachte, du mailst nur belanglose Sachen. War wohl keine gute Idee." Linn schüttelte den Kopf. „Nein, das war eine richtig saudumme Idee. Entschuldige." Sie schielte unter ihrer roten Lockenmähne hindurch nach oben zu Evelyn. Würde sie die Entschuldigung annehmen?

Evelyn starrte Linn an, ohne eine Miene zu verziehen.

Linn kam der Moment wie eine Stunde vor.

„Okay", sagte Evelyn schließlich leise. „Aber du erzählst niemandem davon, was ich dir gemailt habe."

Linn nickte. Sie musste kurz daran denken, dass Senta schon von den Mails wusste. Aber das zählte sicher nicht. Außerdem war Senta ihre beste Freundin. Und Senta hatte irgendwie ein Recht darauf. Schließlich hatte Evelyn sie sitzen lassen.

Jetzt, nachdem Linn sich entschuldigt hatte, fühlte sie sich schon viel besser. Evelyn sah allerdings noch immer furchtbar blass aus. Hatte sie wieder Ärger mit ihren Eltern? „Übrigens", sagte Linn. „Das mit der Hilfe war ernst gemeint. Du weißt schon, was ich dir wegen deiner Eltern geschrieben habe."

Evelyn zog die Augenbrauen in die Höhe. „Ach so, das. Danke, aber das schaffe ich schon alleine. Hauptsache, du hältst dich gleich bei der Blume an unseren Deal", sagte sie und wandte sich zum Gehen.

Da fiel Linn plötzlich noch etwas ein. „He, warte mal", rief sie. „Du hast in den Mails immer von einem total süßen Typen geschrieben, mit dem ich zusammen sein soll. Wen meinst du damit?"

Evelyn drehte sich um. „Na, deinen Carlos. Ich … äh, Leo hat mir von ihm erzählt. Außerdem hast du ja das Foto von ihm an der Wand."

Linn runzelte die Stirn. Leo soll Evelyn gesagt haben, dass Carlos ihr Freund ist? Nie im Leben! Wahrscheinlich hat sie beim Rumspionieren die Karte gelesen und sich ihren eigenen Reim darauf gemacht. Linn musste kichern. Mit Carlos als Freund könnte sie auch eine prima Show abziehen. Aber Linn hatte genug von dem Theater. „Du hast recht, Carlos ist wirklich süß. Aber er ist nicht mein Freund, sondern mein Bruder."

„WAS?", schrie Evelyn und hielt sich gleich darauf die Hand vor den Mund. Ein paar Schüler im Flur drehten sich nach ihr um.

„Ich habe zwei Brüder. Leo, den kennst du ja schon, und Carlos."

Evelyn schien diese neue Information erst mal verarbeiten zu müssen. „Das … das heißt, du bist nicht mit Carlos zusammen?“

„Nein“, sagte Linn langsam und schaute Evelyn gespannt an. Warum war sie denn auf einmal so rot im Gesicht?

„Und … äh … dein Bruder, Carlos meine ich, hat der eine Freundin?“

„Nee“, sagte Linn. „Das heißt, so genau weiß ich das nicht. Er ist gerade zum Schüleraustausch in New York.“

Evelyn schmiss ihre blonden Haare über die Schulter. „Ach, das ist ja toll. Wann kommt er denn zurück?“

Linn starrte Evelyn an. Warum wollte sie wissen, wann ihr Bruder zurückkam?

Evelyn, die Linns Blick bemerkt hatte, fügte schnell hinzu: „Ich meine, du vermisst ihn doch sicher, oder? Auf dem Foto sah es so aus, als ob ihr euch gut versteht.“

Linn lächelte. „Ja, Carlos ist mein Lieblingsbruder. Und ich vermisse ihn wirklich. In zwei Monaten ist er wieder da.“

„Zwei Monate? Das ist ja ganz schön lange“, sagte Evelyn. Es klang fast so, als ob sie Carlos auch vermissen würde.

„Hallo, ihr beiden! Na, arbeitet ihr etwa schon wieder an eurem Projekt?“, fragte Frau Blume, die plötzlich hinter ihnen stand.

Linn und Evelyn schauten Frau Blume verwirrt an und nickten langsam.

Es klingelte. „Na, dann wollen wir mal!“ Frau Blume schob Evelyn und Linn den Gang zum Klassenraum entlang.

Nachdem in der Klasse Ruhe eingekehrt war, begann Frau

Blume mit ihrer Stunde. Sie forderte die ersten Empathie-Paare auf, ihre Aufsätze vorzulesen. Linn fand sie diesmal richtig interessant. Nicht jeder Aufsatz war gleich gut gelungen, aber manche Schüler schienen sich viele Gedanken gemacht zu haben. Moritz erntete die meisten Lacher, als er Senta als „steile Thrash-Metal-Braut“ bezeichnete. War er bei ihr zu Hause gewesen und hatte ihre Musiksammlung gesehen? Linn musste Senta unbedingt ein paar Sachen zu ihrem Empathie-Projekt fragen. Sie schaute neugierig zu der Freundin hinüber. Dabei fiel ihr Blick auf Evelyn. Die schaute angestrengt auf den Tisch und wickelte ohne Unterbrechung ihr Haargummi um ihre Finger. Das Gummi sah schon ganz feucht und zerfleddert aus.

Sollte Linn sich an den Deal halten? Fair wäre das schon, überlegte sie.

„Danke, Moritz“, sagte Frau Blume und lächelte. „Wir können leider nicht alle Aufsätze vorlesen, aber ein Paar schaffen wir noch“, sagte Frau Blume und schob ihre Brille nach oben. „Linn, wie wär's mit dir?“

Linn schob sich auf ihrem Stuhl nach oben und setzte sich aufrecht hin. Sie griff nach ihrem Heft, hielt in der Bewegung inne und blickte zu Evelyn.

Evelyn starrte Linn an. Ihre blauen Augen wirkten jetzt ganz dunkel.

„Linn? Was ist?“, fragte Frau Blume.

„Ähm, nichts“, sagte Linn und nahm ihr Heft in die Hand. „Ich … ich hab leider das falsche Heft eingepackt. Der Aufsatz muss zu Hause in meinem anderen Heft sein.“

Frau Blume machte ein ernstes Gesicht. „Sehr schade, Linn. Du bringst deinen Aufsatz dann bitte morgen vor der ersten Stunde im Lehrerzimmer vorbei, ja?“

Linn nickte. Sie schaute zu Evelyn. Noch immer war keine Regung auf ihrem Gesicht zu erkennen. Nur ihre Wangen sahen etwas farbiger aus als vorher.

„Dann wollen wir wenigstens sehen, was Evelyn über Linn geschrieben hat“, fuhr Frau Blume fort. „Evelyn, dein Aufsatz bitte!“

Endlich kam Bewegung in Evelyns Körper. Sie drückte ihr Kreuz durch, schmiss ihre Haare über die Schulter und lächelte Frau Blume an. „Gerne“, sagte sie.

Linn blieb der Mund offen stehen. Das konnte ja wohl nicht ihr Ernst sein! Aber … es sah wirklich danach aus, als ob Evelyn ihren Aufsatz vorlesen würde. Diese gemeine, dumme, fiese, oberzickige Lacktrulla!, dachte Linn. Und sie hatte sich noch bei ihr entschuldigt! Wie konnte sie ihr nur je vertrauen? Evelyn hatte Linn reingelegt. Und jetzt würde sie ihr Ding durchziehen – und Linn konnte nichts mehr dagegen tun.

Evelyn lächelte Linn zu. Linn kniff die Augen zusammen und unterdrückte mit aller Kraft einen Schluckauf. Evelyn begann zu lesen:

Ich bin Linn Krumbock. Ihr findet den Namen vielleicht albern, aber das ist mir vollkommen egal. Meiner Meinung nach passt er gut zu mir. Und zu meiner Familie. Irgendwie sind wir nämlich alle ein bisschen „krumm“. Aber genau das mag ich an meiner

Familie, es wird nie langweilig. Mit meiner Oma verstehe ich mich am besten. Ich kann stundenlang mit ihr reden. Kein Wunder, meine Mutter meint auch, dass ich ihr sehr ähnlich bin. Ich hoffe, ich bin ihr nicht zu ähnlich, denn meine Oma kann schon etwas peinlich sein.

Linn starrte Evelyn an und konnte sich ein Grinsen nicht verkneifen. Oma Betty sollte „etwas peinlich" sein? Oma Betty war oberpeinlich!

Meine Mutter ist eine richtige Powerfrau. Ich glaube, sie würde sich freuen, wenn ich ihr mehr im Haushalt helfen würde, aber dazu habe ich keine Lust. Ich male lieber oder gehe mit Benno Gassi. Da muss ich mir wenigstens nicht die grässliche Musik von meinem Bruder anhören.

Linn stutzte. Woher wusste Evelyn das? Es stimmte, dass ihre Mutter gerne mehr Hilfe von Linn im Haushalt hätte. Aber auf gewisse Sachen wie beispielsweise Kuchenbacken hatte Linn einfach keine Lust mehr. Seit sie denken konnte, wurde jede Woche ein Kuchen gebacken.

Mein Bruder Le…

Evelyn verstummte, überflog ein paar Zeilen in ihrem Heft und begann erneut:

Mein Bruder Carlos ist leider gerade zum Schüleraustausch in den USA. Ich vermisse ihn sehr und kann es kaum erwarten, ihn in drei Monaten kennenzulernen.

Evelyn räusperte sich und wurde ganz rot. „'tschuldigung, ich meinte natürlich *ihn wiederzusehen.*"

Evelyn blätterte um und las weiter:

Ich bin froh, jetzt endlich eine richtige Freundin gefunden zu haben. Zumindest glaube ich, eine gefunden zu haben. Früher hatte ich nie eine beste Freundin. Ich dachte, Freunde sind nicht so wichtig. Das stimmt aber nicht. Vielleicht braucht man nicht sehr viele Freunde, aber auf jeden Fall ein oder zwei richtig gute.

Evelyn blickte von ihrem Heft auf. „Das war's", verkündete sie.

Linn hatte ganz vergessen, ihren Schluckauf zu unterdrücken. Aber das war auch nicht mehr nötig, denn er war von selbst verschwunden. Linn starrte Evelyn noch immer an, und erst das Klingelzeichen weckte sie auf.

Tagebuch von Linn Krumbock

29. August, Montag, 20:17 Uhr
kein Schluckauf
1 x mit Bubble und 2x mit Oma geredet

Bubble habe ich heute bestimmt eine Stunde lang zugequatscht. Ich musste ihm ja alles von den neuesten Ereignissen erzählen. Danach sah er ganz mitgenommen aus. Das darf ich Senta gar nicht sagen, die hält mich glatt für eine Tierquälerin.

Außerdem habe ich Grandma Betty erzählt, was heute mit Evelyn in der Schule abgelaufen ist. Meine Entschuldigung wegen der Mails fand sie „absolut korrekt und heldenhaft", den Aufsatz von Evelyn fand sie „verdächtig einschleimend". Also, ich fand den Aufsatz eigentlich ziemlich okay. Mal abgesehen davon, dass Evelyn sich nicht an den Deal gehalten hat. Aber nach der Stunde meinte sie zu mir, sie hätte den Aufsatz vorlesen müssen, weil sie sonst Ärger mit ihrem Vater bekommen hätte, von wegen Hausaufgaben nicht gemacht und so. Das sehe ich ein. Und wie gesagt – ich kann mich über den Aufsatz nicht beschweren. Aber Oma meint, ich solle auf der Hut sein, falls Lacktrulla nur ein Täuschungsmanöver macht. Wahrscheinlich hat sie recht. Bei Evelyn muss man mit allem rechnen. Heute war sie allerdings wirklich nett zu mir und hat sogar gemeint, wir könnten doch mal was zusammen unternehmen. Und dann hat sie mich tausend Sachen über meine Familie gefragt. Vor allem über meine Brüder. Und besonders über meinen Lieblingsbruder. Na ja, sie hat eben keine Geschwister. Leo kann ich ihr gerne mal leihen.

Will ich was mit Evelyn unternehmen? Keine Ahnung. Eigentlich reicht mir Senta als Freundin im Moment vollkommen aus. Ich glaube, die hat echt was drauf.

Worüber ich mir bei ihr nur Sorgen mache: Gestern hat sie mit Leo Musik ausgetauscht! Das geht nun echt zu weit. Sowohl für Sentas Ohren als auch für meine Nerven. Vielleicht wäre eine Zweitfreundin doch ganz praktisch.

Als ich nach der Stunde mit Evelyn zusammenstand, hat Moritz gleich irgendwas von „Busenfreundinnen" gefaselt. Der hat sie ja wohl nicht mehr alle! Wenn er nicht so viel Dünnschiss labern würde, wäre er ja eigentlich ganz nett. Ich meine, er sieht schon süß aus mit seiner Zahnlücke und den dunklen Locken.

Hm ... ich muss überlegen, wen ich zu unserer Einzugsparty nächste Woche einladen soll. Meine Eltern wollen im Garten grillen. Und ich darf einladen, wen ich will. Mama hat schon gefragt, ob Evelyn kommt. Wenn sie nicht so eine zickige Lacktrulla wäre, könnte sie mich ja wirklich ab und zu mal besuchen. Dann kann sie mit meiner Mutter zusammen backen, wenn sie mag. Mama würde sich sicher freuen.

Soll ich Evelyn einladen? Ganz freiwillig? Natürlich sind wir keine besten Freundinnen, wie Moritz, der Spinner, gemeint hat.

Oma Betty sagt, man soll seine Feinde immer im Auge behalten und ihnen einen Schritt voraus sein. Keine Ahnung, was sie damit genau meint. Aber ich werde Evelyn nicht aus den Augen lassen, und einen Schritt voraus bin ich ihr immer, obwohl ich viel kürzere Beine habe!

PS: Senta lade ich natürlich ein.
PPS: Evelyn vielleicht.
PPPS: Moritz?!

Wenn du wissen willst, wie es weitergeht:
Linn live. Bubble Beats und der große Auftritt (Band 2)
erscheint in Kürze.

Auf den nächsten Seiten findest du
schon eine erste Leseprobe …

„Wie? Was wollten wir?“, rief Linn ins Telefon.

„Uns treffen. Du weißt schon, wegen dem School-Star-Wettbewerb“, sagte Senta.

„Oh“, machte Linn. Dann knackte es nur noch in der Leitung.

„Linn? Bist du noch dran? Hallo!“, rief Senta und es hörte sich an, als ob sie den Hörer schütteln würde. Als ob dann Linn oder ein Wort von ihr herausfallen würden.

„Ja, schrei doch nicht so“, brummte Linn. Sie dachte nach. Hatte sie gestern irgendetwas mit Senta ausgemacht? Alles, was Linn einfiel, war das Bild, wie Senta mit Papa Rock'n Roll tanzte und beide dabei ganz rote Wangen bekamen. Linn musste grinsen.

„Also, was ist jetzt? Soll ich zu dir kommen? So gegen drei?“, fragte Senta, die langsam die Geduld verlor.

„Ähm, ja, okay“, stammelte Linn. Wieso war Senta denn schon wieder so schrecklich munter? „Warte mal! Und was machen wir dann gegen drei?“

Senta kicherte. „Hast du in deinem Gehirn aus Versehen auf die Löschtaste gedrückt? Manno, Linn, wir wollten für den School-Star-Wettbewerb proben.“

„Ja, klar, weiß ich doch“, log Linn. „Und … was wollten wir proben?“

„Keine Ahnung. Genau das wollten wir heute überlegen“.

„Ach so, verstehe. Wir überlegen erst mal, was wir proben, und dann proben wir, was wir überlegt haben“, meinte Linn.

„Ganz genau. Also, bis drei dann!“, sagte Senta und legte auf.

Als es kurz nach drei klingelte, war Oma Betty wie immer

zuerst an der Tür. Der ganzen Familie war es ein Rätsel, aber das Türklingeln schien magische Kräfte auf Oma Elisabeth auszuüben. Es war das Einzige, das sie blitzschnell von ihrem geliebten Fernseher wegbrachte. Linn vermutete, Oma Betty hoffte, dass einer ihrer Fernsehhelden eines Tages aus der Flimmerwelt hinausspringen und direkt an der Haustür klingeln würde. Deshalb war sie auch immer passend für die große Begegnung gekleidet. Als ob sie selbst ein Filmstar wäre.

„Ach, Senta, du bist es", krächzte Oma Betty und warf sich ihre cremefarbene Stola mit einer theatralischen Bewegung über die Schulter, als ob sie trotz einer großen Enttäuschung Haltung bewahren wollte. „Na, dann mal munter hereinspaziert, junge Dame. Linn ist –"

„Hier!", rief Linn und sprang die letzten Treppenstufen herunter. Der kleine Mittagsschlaf hatte wirklich Wunder gewirkt.

„Und, was habt ihr zwei Hübschen heute vor?", fragte Oma Betty und ließ die Steine ihrer türkisfarbenen Halskette elegant durch die Finger gleiten. Klong! Klong!, machten die Steine.

Senta lächelte Oma Betty an. „Wir proben für den School-Star-Wettbewerb." So wie Senta das sagte und dabei auf den Zehenspitzen wippte, klang es, als ob sie in weißen Spitzenblüschen mit Puffärmeln in einem Kinderchor Volkslieder singen würden.

„Stuhl Star? Was soll das denn sein?", fragte Oma Betty.

„Nicht Stuhl, Oma, sondern S-c-h-o-o-l Star. Das heißt, der absolute Star der Schule wird gesucht. Jeder, der irgendwie tanzen, singen oder sonst was kann und sich traut, kann mitmachen", erklärte Linn.

Senta nickte, dass ihre braunen Zöpfe wackelten.

„Genau. Und am Ende gibt es eine riesengroße Abschlussveranstaltung. Da treten alle auf und eine Jury entscheidet, wer der School Star ist."

Oma Betty strahlte. „Ich glaube, ich weiß ganz genau, wovon ihr redet, meine Lieben. Da gab es mal einen ähnlich glamourösen Wettbewerb im Fernsehen. Linn, mein Herzchen, sag mir bloß rechtzeitig Bescheid, wenn ihr im Fernsehen kommt!"

Linn und Senta kicherten. „Keine Angst, Oma, du erfährst es als Erste. Aber so schnell geht das nicht – erst mal müssen wir den Wettbewerb gewinnen und vorher müssen wir uns überlegen, womit wir den Wettbewerb gewinnen wollen", erklärte Linn.

Oma Betty winkte ab. „Da mache ich mir bei euch beiden Hübschen keine Sorgen. Euch fällt schon was ein. Dass du, Linn, musisch begabt bist, stelle ich bei deinen Vorfahren außer Zweifel, und dass bei Senta der Rhythmus im Blut liegt, haben wir gestern alle auf der Tanzfläche gesehen." Oma Betty zwinkerte Senta kurz zu, die verlegen einen ihrer Zöpfe eindrehte. „Und falls ihr eine Stil- und Farbberatung braucht für euren großen Auftritt – ihr wisst ja, wo ihr mich findet", fügte Oma Betty hinzu, drehte sich mit einem Ruck um und verschwand mit wehender Stola im Wohnzimmer. Anscheinend war die Werbepause vorbei.

„Komm, wir gehen in mein Zimmer", sagte Linn und stieg mit Senta die Treppe hoch.

Nachdem Senta den Sumatrabarben Bubble mit einem

Streicheln an der Aquariumscheibe begrüßt hatte, setzte sie sich vor der Wand mit dem halb fertig gemalten Unterwasserbild auf Linns Bett.

„Also“. Linn ließ sich in ihren Hängestuhl fallen. „Womit könnten wir die School Stars werden?“ Linn schaute Senta an. Ihr fiel auf, dass sie noch gar nicht viel über ihre Freundin wusste. Kein Wunder, schließlich war Linn erst vor kurzem hierher gezogen und gerade mal ein paar Wochen mit Senta, die in ihre Klasse ging, befreundet. Linn wusste, dass Senta Tiere, vor allem Pferde, und Musik mochte. Aber sonst? Vielleicht hätte Linn besser mit Senta bei diesem blöden Empathie-Projekt zusammenarbeiten sollen, das ihnen ihre Klassenlehrerin Frau Blume gleich zu Beginn des Schuljahres aufgebrummt hatte. Aber nein, sie musste sich ja mit Lacktrulla Evelyn Augsblatt herumschlagen. Völlige Zeitverschwendung. Vom ersten Blick oder besser vom ersten Tritt an waren sie Feinde. Denn Linn hatte Evelyn dummerweise auf ihre schönen Lackschuhe getreten, bevor sie überhaupt ein Wort gewechselt hatten. Und dann hatte die Blume Linn und Evelyn als Empathie-Paar eingeteilt, was bedeutete, dass sie einander besser kennenlernen und Toleranz üben sollten. Pfff! Auf so was konnte auch nur eine Lehrerin kommen. Okay, besser kennengelernt hatten sie sich schon. Und Linn konnte jetzt auch manches an Evelyn besser verstehen, vor allem seit sie über deren egoistische Eltern Bescheid wusste. Aber das hieß noch lange nicht, dass sie sie besser leiden konnte. Linn schnaubte.

„Woran denkst du?“, fragte Senta.

„Nichts“, sagte Linn schnell. Dann bemerkte sie den forschenden Blick ihrer Freundin. „Na gut. Ich musste nur eben an Lacktrulla denken.“

Senta zog die Augenbrauen hoch. „Wieso? Weil sie nicht zu deiner Party gekommen ist? Oder überlegst du, was sie beim School-Star-Wettbewerb macht?“

„Quatsch!“, zischte Linn. „Mir doch egal, dass sie nicht zu meiner Party gekommen ist. Hatte sie sowieso nur aus Mitleid eingeladen. Und was sie zum Wettbewerb macht, interessiert mich nicht die Bohne. Was soll sie schon machen? Sicher einen super albernen Schweinchentanz mit ihren rosa Klonen Tina und Lina.“

Senta grinste. „Ja, gut möglich. Aber du hast Recht, das kann uns egal sein. Wir müssen überlegen, was wir beim Wettbewerb machen können. Und das müssen wir dann auch richtig gut können.“ Senta setzte sich aufrecht aufs Bett. „Ich habe mal in der zweiten Klasse ein Gedicht über einen Bumerang aufgesagt.“

Linn verdrehte die Augen. „Vergiss es.“

„Ich meine ... also ... das war ganz witzig, das Gedicht. Echt“, beteuerte Senta und schwieg dann eine Weile.

„Hm, na ja, wahrscheinlich ist ein Gedicht doch nicht so gut.“

„Ja, und außerdem brauchen wir was, wo wir beide mitmachen können. Tanzen zum Beispiel“, meinte Linn.

Senta runzelte die Stirn. „Und was sollen wir zu zweit tanzen? Romeo und Julia? Schwanensee?“

„Nein. Was Modernes natürlich. Mit hohen Sprüngen, Drehungen und coolen Posen“. Linn fuchtelte mit Armen und Beinen wild durch die Luft, sodass der Hängestuhl bedrohlich wackelte.

Senta schaute ihr mit großen Augen zu. „Ähm, Linn, ich glaub, das ist mir zu sportlich. Können wir nicht irgendwas ... Ruhigeres machen?“

„Mensch, Senta, auf einer Bühne kann man doch nichts Ruhiges machen. Mit so was gewinnt man doch keinen Blumentopf. Stell dir mal vor: Und jetzt Applaus für Senta und Linn mit ihrer super Schweigeminute!“

„Das wäre zumindest mal was anderes“, fand Senta und zog die Beine an sich heran. „Ich meine ja nur, dass wir irgendwie was Harmonisches, Melodisches machen sollten.“

Plötzlich erklangen aus dem Nebenzimmer dumpfe Basstöne. Wie jedes Mal, wenn Linns drei Jahre älterer Bruder Leo entweder auf seiner Bassgitarre oder, noch schlimmer, auf seinem Schlagzeug übte, versuchte Linn es zu ignorieren.

Senta wippte mit dem Fuß. Sie hatte heute ihre Lieblingssocken mit den kleinen Pferdeköpfchen an, bei denen am linken Fuß schon fast der Zeh durchkam.

„So was zum Beispiel“, sagte sie und begann auch noch mit dem Kopf zu wippen.

Linn pustete sich eine rote Locke aus der Stirn. So konnte Senta besser die Falten erkennen, die sich darauf gebildet hatten. Meinte Senta wirklich, dass das, was Leo da spielte, harmonisch oder melodisch war? Da konnte sich Linn ganz sicher was

Besseres vorstellen. Aber … he, Moment mal. Das war gar keine schlechte Idee!

„Ich hab's!“, rief Linn und sprang aus dem Hängestuhl. „Wir gründen eine Band.“

Senta starrte Linn an. „Eine Band?“, wiederholte sie, als ob sie das Wort zum ersten Mal gehört hätte. „Und wie stellst du dir das vor?“

„Na, ganz einfach: Ich singe und du … du musst natürlich ein Instrument spielen. Du spielst doch ein Instrument, oder?“, fragte Linn.

Senta nickte langsam. „Blockflöte“, sagte sie dann leise. „Aber nicht besonders gut.“

Linn verzog die Mundwinkel. „Hm. Blockflöte. Bist du sicher, dass du kein anderes Instrument kannst?“

„Absolut sicher.“

Linn suchte fieberhaft nach einer weiteren Lösung, aber wie sie schon befürchtet hatte, fiel ihr nur eine ein:

„Dann müssen wir eben Leo fragen, ob er bei unserer Band mitmachen will.“

„Oh ja, super Idee“, rief Senta sofort. „Ich meine, das wäre doch eine gute Lösung – und auch so praktisch“, fügte sie dann schnell hinzu.

Nachdem Linn und Senta viermal an Leos schwarz gestrichener Zimmertür geklopft hatten ohne eine Reaktion zu erhalten, betraten sie einfach das Zimmer. Auf den ersten Blick sah es darin vollkommen chaotisch aus, aber bei näherem Betrachten konnte man feststellen, dass in diesem Chaos eine bestimmte

Ordnung herrschte. Vielleicht lag es auch nur an den schwarz, dunkelblau und blutrot gestrichenen Wänden, dass alles etwas durcheinander und unruhig wirkte.

Leo stand vor seinem Spiegel, hatte die Augen allerdings geschlossen und spielte auf seiner Bassgitarre. Seine halblangen Haare hingen ihm ins Gesicht und sein Kopf zuckte im Rhythmus vor und zurück. Als er die Augen langsam öffnete und nicht nur sich, sondern auch zwei 12-jährige Mädchen im Spiegel sah, zuckte er zusammen, als ob er gerade aus einem tiefen Traum aufgewacht wäre.

„Was … was macht ihr denn hier?“, stammelte er und ließ den Bass verstummen. „Steht ihr schon lange da?“, fragte er und warf schnelle kurze Blicke zwischen Linn und Senta hin und her.

„Keine Angst“, meinte Linn. „Wir haben deinen abgefahrenen Auftritt erst wenige Sekunden verfolgt.“

„Hat sich richtig gut angehört. Und sieht auch gut aus. Ich meine, die Gitarre sieht hübsch aus“. Senta deutete mit dem Kinn auf die dunkelblaue Bassgitarre, wobei sie selbst fast dunkelrot wurde.

Leo strich sich mit einem Plektron die Haare aus dem Gesicht. „Danke“, sagte er und grinste Senta an.

Linn traute ihren Augen kaum. Seit wann grinste Leo denn wieder? Damit hatte er doch aufgehört, als ihm die erste Bartstoppel gewachsen war. Vielleicht hatte er heute einen seltenen Anfall von guter Laune. Genau, so würde es sein. Und das musste man gleich ausnutzen.

„Sag mal, Leo, du hast doch bestimmt vom School-Star-Wettbewerb gehört", begann Linn.

„Klar", brummte Leo.

„Es ist nämlich so: Senta und ich, wir gründen eine Band. Und wenn du willst, kannst du bei uns mitmachen. Rein zufällig brauchen wir nämlich noch einen Bassisten", sagte Linn und fuhr sich durch ihre rote Lockenmähne. „Ich singe übrigens."

Leo zog eine Augenbraue nach oben. „Nee, lass mal, kleine Schwester, kein Bedarf."

„Wie, kein Bedarf?!? Du hast die einmalige Chance mit mir und Senta zum School Star gewählt zu werden. Das kannst du doch nicht einfach ablehnen!" Linns Augen flimmerten wütend.

„Doch, kann ich. Ich spiel nämlich schon bei den *Hellborn Headbangers* Schlagzeug", erwiderte Leo und stellte seinen Bass in eine Ecke.

„Du machst was?", fragte Linn.

„Ich bin an den Drums. Einen Bassisten hatten die schon. Die *Hellborn Headbangers* sind echt krass, wenn irgendjemand in der Jury nur halbwegs Musikgeschmack hat, dann gewinnen wir den Wettbewerb."

Das konnte sich Linn zwar nicht vorstellen, aber sie hatte jetzt auch andere Sorgen. „Na prima. Und wo sollen wir jetzt einen Bassisten herbekommen?", sagte sie mehr zu sich selbst als zu den anderen. „Kannst du nicht bei uns Bass spielen und bei den *Hellborn Headbangers* Schlagzeug?", fragte sie ihren Bruder.

Leo überlegte kurz. „Nee, is' schlecht für mein Image, wenn

ich mit zwei kleinen Mädchen auftrete. Außerdem hab ich keine Zeit für zwei Bands."

Linn warf ihrem Bruder einen bösen Blick zu. Schlecht für sein Image! Der hat sie ja nicht mehr alle! Sein Image hätte er mal schön aufpolieren können, wenn er mit Linn und Senta in einer Band gespielt hätte.

Leo wandte sich an Senta. „Was spielst du denn?" Senta räusperte sich. „Blockflöte."

Leo blieb der Mund offen stehen. „Ach du Sch…schalala, schön", sagte er.

Leseprobe aus:
Linn live – Bubble Beats und der große Auftritt

Linn live

Gaaanz nett will sie zu ihren neuen Mitschülern sein, hat Linn sich vorgenommen. Doch das geht leider schon vor der ersten Stunde schief. Da stößt sie nämlich mit Evelyn Augsblatt, dem blonden Star der 7b, zusammen. Nachdem Linn ihr zweimal auf die neuen Lackschuhe getrampelt ist (einmal aus Versehen und einmal … na ja, nicht aus Versehen), wartet der Rest der Klasse gespannt auf die Fortsetzung des Zicken-Kriegs …

Band 1: Ein Schluckauf kommt selten allein
ISBN 978-3-505-13726-6

Linn könnte Pickel kriegen, wenn sie den Namen von Evelyns Band nur hört: Three Blonde Angels. Ausgerechnet ihre Erzfeindin will mit ihrem Träller-Trio Linns coole Band beim School-Star-Wettbewerb ausstechen. Als dann auch noch der süße Moritz, der eigentlich zu Linns Band gehört, heimlich bei den Blonde Angels mitmacht, flippt Linn aus. Sie will schon alles hinschmeißen, da macht die Band ihr einen verrückten Vorschlag …

Band 2: Bubble Beats und der große Auftritt
ISBN 978-3-505-13727-3

Franziska Gehm
Linn live
je 160 Seiten, gebunden
€ 8,99 [D]

Katy Birchall

Plötzlich It-Girl

Wie ich aus Versehen das coolste Mädchen der Schule wurde

Plötzlich berühmt

Seit sich ihr Dad mit der berühmten Schauspielerin Helena Montaine verlobt hat, steht das Leben der vierzehnjährigen Anna Huntley Kopf. Überall lauern Paparazzi, und was ihr vollkommen schleierhaft ist: Ausgerechnet SIE, das uncoolste Mädchen an ihrer Schule, ist jetzt auf einmal DAS neue It-Girl?! Total verrückt, oder?

Urkomisch, tollpatschig und liebenswert!

320 Seiten, broschiert mit Klappe
€ 12,99 [D]
ISBN 978-3-505-13701-3

DORK diaries

Nikkis erster Tag an der neuen Schule hätte ihr Glückstag werden können. Ihr Leben verändern! Schließlich weiß niemand hier, dass Nikki ein Totalausfall in Sachen Coolness ist. Und dann gibt ihr ihre Mom dieses „Einschulungsgeschenk“. Ein TAGEBUCH! Nur damit das klar ist, NIEMAND schreibt heute noch Tagebuch! Niemand! Und schon gar nicht Nikki … Oder doch?

Band 1:
Nikkis (nicht ganz so) fabelhafte Welt
ISBN 978-3-505-12860-8

Band 2: Nikkis (nicht ganz so) glamouröses Partyleben
ISBN 978-3-505-12861-5

Band 3: Nikkis (nicht ganz so) phänomenaler Auftritt
ISBN 978-3-505-12862-2

Kinder lieben Schneiderbücher!

www.schneiderbuch.de

Band 3 ½:
Mach dich zum DORK!
ISBN 978-3-505-13127-1

Band 4: Nikki als (nicht ganz so) graziöse Eisprinzessin
ISBN 978-3-505-12863-9

Band 5: Nikkis (nicht ganz so) guter Rat in allen Lebenslagen
ISBN 978-3-505-13125-7

Band 6: Nikkis (nicht ganz so) perfektes erstes Date
ISBN 978-3-505-13126-4

Band 7: Nikkis (nicht ganz so) schillernde Filmkarriere
ISBN 978-3-505-13375-6

Rachel Renée Russell
Dork Diaries
je ca. 300 Seiten,
gebunden,
mit UV-Lackierung
Band 1-7: €12,99 [D]
Band 3 ½: € 9,99 [D]

Besuche Nikkis Internetseite unter:
www.dorkdiaries.de

Schneiderbuch
EGMONT

Enid Blyton

Hanni und Nanni

Band 1: Hanni und Nanni sind immer dagegen

Band 2: Hanni und Nanni schmieden neue Pläne

Band 3: Hanni und Nanni in neuen Abenteuern

Band 4: Kein Spaß ohne Hanni und Nanni

Band 5: Hanni und Nanni geben nicht auf

Band 6: Hanni und Nanni im Geisterschloss

Band 7: Hanni und Nanni suchen Gespenster

Band 8: Hanni und Nanni in tausend Nöten

Band 9: Hanni und Nanni groß in Form

Band 10: Hanni und Nanni geben ein Fest

Band 11: Lustige Streiche mit Hanni und Nanni

Band 12: Hanni und Nanni und ihre Gäste

Band 13: Fröhliche Tage für Hanni und Nanni

Band 14: Hanni und Nanni gründen einen Klub

Band 15: Hanni und Nanni im Landschulheim

Band 16: Hanni und Nanni bringen alle in Schwung

Band 17: Hanni und Nanni sind große Klasse

Band 18: Die besten Freundinnen

Band 19: Hanni und Nanni retten die Pferde

Band 20: Gute Zeiten mit Hanni und Nanni

Band 21: Hanni und Nanni kommen groß raus

Band 22: Gefährliches Spiel für Hanni und Nanni

Band 23: Lindenhof in Gefahr

Band 24: Das Rätsel um die Neue

Band 25: Die Ausreißerin

Band 26: Das Zirkusabenteuer

Band 27: Klassenfahrt ins Abenteuer

Band 28: Hanni und Nanni retten die Mädchenehre

Band 29: Hanni und Nanni finden einen Schatz

Band 30: Glück auf vier Pfoten

Band 31: Hanni und Nanni schnuppern Bühnenluft

Band 32: Vollmondparty in Lindenhof

Band 33: Freundinnen halten zusammen

Band 34: Nannis neue Freundin

Band 35: Hanni und Nanni sind immer zur Stelle

Band 36: Hanni und Nanni feiern Geburtstag

Schneiderbuch
EGMONT